定年記

masamichi miwa

三輪正道

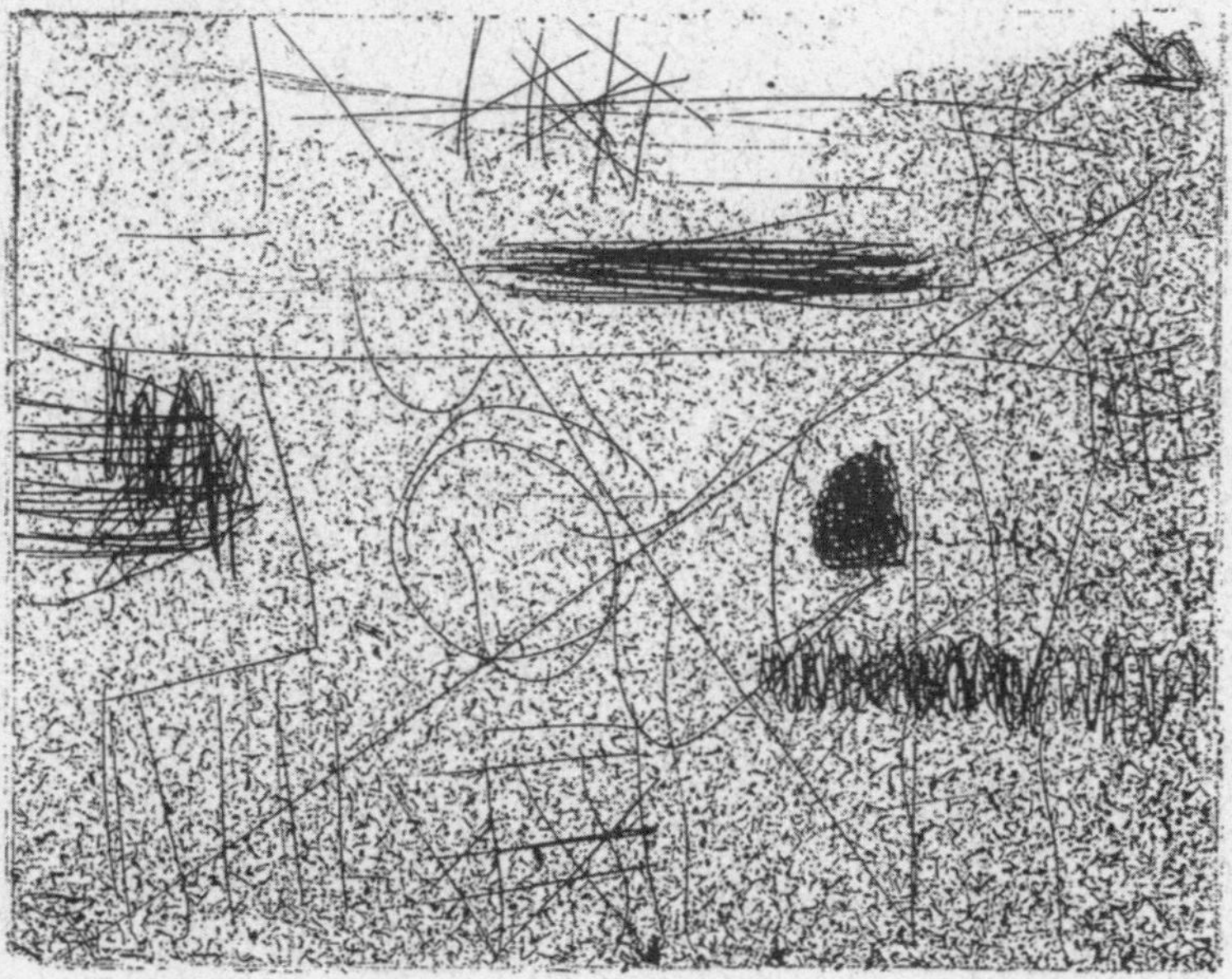

編集工房ノア

「定年記」目次

III

装幀　粟津謙太郎

I

旅の空から

十月二十一日（水）

きのう、夜、鯖江から帰宅して、きょう一日のんびりと北須磨の自宅で過ごした。ゆっくりと晩酌をしていた最中、電話が鳴った。鯖江の実家でひさしぶりに落ちあって、今後の父母らのことをいっしょに話して昼飯を食った富恵・姉からで、切迫した口調で言った。

「いま、とうさんが丹南病院へ緊急入院して、これから診察になる！」

土曜からの秋田行で、月曜から三日間の年休をとっていて、明日の木曜から出社するつもりだった。いっとき晩酌の手をとめて、会社に電話をすると、ちょうど具合よく課長代理が出て、父の緊急入院のむねを話して、明日も休みをとることをつげた。

ほどよい酔いごこちが、一瞬にしてさめてしまった。まだ、のこっていた徳利の酒を口にふくんだが、酒の味はしなかった。姉の話では、三時ごろ急に家で腹が痛いと苦しみだした父が、救急車はいやだと言いはって、ちょうど車で実家のちかくまで来ていた姉が丹南病院に運んだという。時間とともに苦しみが激しくなり七転八倒したらしかった。

きのう、予定にはなかった秋田からの帰途、急遽、鯖江に寄ったのは、前夜、新潟・長岡駅まえの居酒屋で飲んでいるとき鳴った、ふだんはあまりかけてこない姉からかかってきたケータイ電話のせいだった。秋田駅からの日本海縦断の車窓、羽越路のひとり旅の仕上げに、長岡市に住む、むかしの彦根寮の先輩Hさんと飲んでいたのだ。姉の話は、昨夜、父は風呂場からあがるとき立てなくなって座りこんでしまい、足弱な母が風呂から出すのに手こずって往生したとかで、いちど見にきてほしいというのだった。お盆に父の卒寿祝いとぼくら夫婦の還暦祝いをしたときは、九十になったとはおもえない、かまえるようにして腰を前傾にして細長い和紙に筆をふるっていた。九月なかばに帰ったときは、父にならって一畝ほどの畑で手動の耕運機をつかったが、途中に燃料がきれて父は軽トラでスタンドまで買いにいったりもした。

火曜の朝まだ暗いなかHさんの宿舎を出て長岡駅にむかい、信越線、はじめての北陸新幹線を経由して昼まえに鯖江駅に着くと、待っていた姉の車で実家にむかった。父の様子は、九月とくらべていちだんと弱っているようで、夜はトイレにいけなくて（起きあがれず）尿瓶をつかっていた。これまでなかったことに、朝めしをくったあとも、昼飯をたべたあともマットを重ねて高くした寝床（そうして、朝やっと起きあがれるらしい）にはいって、しばしば眠っているということだった。もう、腰を前傾にすることができなくて習字もむりで、ほかのこともまえのように何かしようという気力がなくなったとも言った。以前に書いたものだったか、これで最後だという市の文化祭に出す書道の作品を提出しに鯖江の方まで軽トラを運転していった父の姿をみて、実家を出て、わたしは日に数便というコミュニティバスで鯖江駅にむかった。鯖江から敦賀行き普通に乗り、いつもの敦賀駅からの新快速は、もうなくて特急サンダーバードで京都駅まで乗り、だいぶ夜も更けたころ北須磨の自宅に帰った。

緊急入院したという姉の電話から二時間ほどした八時ごろ姉のケータイにかけると、しばらく待たされて出てきたのは妹だった。姉は、いま緊急外来室にはいっているのだと、わかっている父の病状を話した。胆のうの管に石がたまっているとかで炎症をおこして容態はよくないとのことだった。

十時すぎ、妹からのケータイメールには、「病名は急性化膿性胆管炎といい、下手をすると二、三日で危ないということも…」とあった。

あす早朝のサンダーバードで家人と鯖江に帰省すると決めて寝床にはいったが、しばしば目が覚め、来月の定年退職をまえにして、最悪の事態も…とおもったりして朝までうつらうつらした。

土曜からの秋田行から月曜の羽越路、火曜の北陸新幹線の行路などが色あせていくのがわかった。

空路・秋田行

夏まえから、二年半ぶりの秋田行が決まっていた。家人の妹の長男が結婚するので式と披露宴に出るためだった。このまえの秋田行は、二〇一三年二月四日早朝、急逝した義母の葬儀のため、家人と急遽、大阪（伊丹）空港から離陸した。およそ、空路は二十数年ぶりだった。家人の実家へ行くのも、ほぼそれくらい遠ざかっていた。その春、ひとり息子の婚儀があり、義妹一家が、はるばる秋田から空路かけつけてくれた。こちらは宮仕えでの鬱を理由にしてわがままを徹して、ひとり住まいだった義母をはじめとした家人の親戚への、長年の不義理だった。いくらかこの際は、おつきあい…というようなおもいもあり、家人の提示する息子夫婦との割安な空路の旅に応じたのだった。

十一月末の定年退職まで、あとわずか、家人の親戚つきあいにかこつけて帰りは、ひさしぶりに一人旅をたのしもうという自分への慰労というような気持もあった。

十七日、土曜の朝、三宮で待ちあわせた息子夫婦と一歳半の孫娘と伊丹空港行きのリムジンバスに乗った。家人は、一週間はやく、小学校のクラス会に卒業後はじめて半世紀ぶりくらいで出るために秋田入りしていた。十一時、ＪＡＬ２１７３便は伊丹空港を離陸した。中ほどの左手の通路側の席にわたし一人、一列うしろの右手が息子夫婦の席だった。無事に離陸して、すぐに眼下に空港のちかくに競技場のような園田競馬場が、くっきりと眺められた。二年半まえは、琵琶湖、若狭湾らしき海岸を鮮やかに上空から眺めたような気がしたが、この日は、曇り気味だったのかもやもやとした眼下の眺めで、雲の上の飛行になった。ときおり眼下に見える山並みを食い入るように窓側の中年の女性越しに、なんども眼鏡をとり替えたりして目を凝らしていた。四半世紀まえの一度の空路で懲りて、この前の秋田行以外は飛行機には無縁だった。そのとき女性が、「なんでしたら、席を替わりましょうか」と、親切に言ってくれた。わたしは、斜めうしろの席の孫娘を時には目にしたく、せっかくの申し出ながら遠慮した。

十二時ちかくになったころ、日本海とおぼしき眺めに、くっきりと大きな鼓型の島影が見えた。隣の女性に、「あれは佐渡島ですか」とおもわず訊いていた。すぐに「そうですよ」と答えて、「これから、鳥海山や男鹿半島の眺めがすばらしいですよ」と席を替わりますからと、ふたたび言うので、その好意にあまえて窓際の席に移った。日本海に浮かぶ越後・村上沖の粟島、酒田沖の飛島らしき二つの孤島を目にした。鳥海山は右側の窓からの眺めで、孫娘に目をやったりしたが、山容をまぢかにすることはできなかった。十二時二十分、秋田空港に定時に着陸した。

空路、ほとんど読むことができなかったが手にしていたのは、司馬遼太郎の『街道をゆく29―秋田県散歩・飛驒紀行』（朝日文庫）だった。すでに二、三度はひも解いた文庫本だが、この旅の指南書だった。〈秋田県散歩〉の第一章「象潟《きさかた》へ」に、大阪空港から開設早々の秋田空港へ飛ぶくだりがある。〈秋田県散歩〉の「週刊朝日」連載は、一九八六年九月からその年いっぱいくらいである。おおよそ三十年まえになる。連載されたころ、わたしは家人と結婚して四年、大阪・八尾暮らしを経て、京都・長岡京に住んでいた。そのころは年に一度ほどは、秋田の家人の実家にも行っていた。八三年四月に生まれた息子と三人で、むろん飛行機などは考えもせず列車だった。そのころ、寝台特急「日本海」が二便、寝台急行「きたぐに」、昼間特急「白鳥」など直通列車があった。北陸線、信越線、羽越線は日本海沿い縦断の幹線鉄道として多くの優等列車が走っていたのだ。

それが、ことしの春の北陸新幹線の開通などで大幅に交通の流れがかわり、日本海縦貫の列車は一本もなくなった。同じく「象潟へ」では、こう書かれている。

《本来、大阪の商業圏は、秋田にまで及んでいない。毎日二便も秋田県と定期便を往復させるほどに充実していないのである。それに、大阪で秋田に親戚をもつ人はすくない。……大阪・秋田ルートはいまのところ航空会社の負担になっているのではあるまいかと思われた。》

三十年ほどが過ぎて、いまや秋田・大阪便（座席数は50〜80程度と少ないものの）は朝、昼、夕の各2便、計6便が運行している。わたしに席を替わってくれた中年の女性は、ふつうの主婦に見えたが眼下の景色など、もう見慣れたとばかりに常時、往復しているふうだった。かつての日本海沿い縦断の鉄路の乗客のほとんどが、空路に移っているということだろう。

秋田空港へと航路を下げはじめたころ、窓下に日本海の長大な渚が見え、その先が湾曲していて右手に低い山容が眺められた。男鹿半島だった。秋田駅から奥羽線に乗り三つめになる駅で男鹿線が分岐する。駅名は追分というが、そこからほど近い金足という地区に家人の実家がある。字は小泉潟向《こいずみかたむかい》といい、長年の東京暮らしから、この春に実家にもどった義弟がひとりで住んでいる。

その夕、なかなかの文学熱をもつ義弟と、先週から帰省している家人が出してくれたアテ（ハタハタ寿司、いぶりがっこ、菊の花のおひたしなど、秋田でしか食えない）で、秋田の酒・高清水を酌んだ。

早朝、冷気のなか潟のある道を歩いて、旧奈良家住宅を目ざした。県立博物館の前を過ぎて、さらに潟の道をすすむと二十分ほどで、黒い門と塀に囲まれた旧奈良家住宅はあった。むろん、門は閉ざされていた。江戸中期の漂泊者だった菅江真澄が、文化八（一八一一）年に滞在したのが旧奈良家で、宝暦年間（一七五一〜六四）に建てられた国指定の重要文化財という。司馬の〈秋田県散歩〉「旧奈良家住宅」の章では、こうしるされている。

《大和国（奈良県）の盆地のなかに「小泉」という古くからひらけた大集落があって、いまは大和郡山市域になっている。

奈良家の当主はむかし、そこからはるばるとやってきて、このあたりを開拓したという。

「奈良家は、金足地区の中のどこです」

「小泉です」

……大和出身の当主が、自分が開拓した地に故郷の地名をつけたのである。》

大和郡山市の小泉は、長年親炙して五年まえに亡くなった私小説家の川崎彰彦さんが終《つい》の住みかとした地で、パートナーだったTさんは、いまも小泉の住人である。

追分駅から奥羽線に乗り九時ごろ秋田駅に着き、駅前のホテルでの結婚式に出て、披露宴では、美酒・新政（あらまさ）の冷酒に舌鼓した。一歳半の孫娘は、よちよち歩きながらもミニドレスのようなものを着て、小さなもうひとつの主役を演じていた。

その夕は、義妹の嫁ぎ先、新郎の実家に行った。秋田市となってはいるが、秋田駅前から車で四十分ほどもかかる山間の鄙びた地だった。新郎の仕事先の関係者や親戚のひとたちと座敷で酒を酌んだ。朗々とした声で秋田音頭を唄うおばさんもいて聞きほれたりした。年輩のひとばかりだったが焼酎を飲むひとが多く、日本酒を飲んでいたのは、わたしひとりだった。その夜は、雑魚寝のようにして新郎の家の二階で眠った。

月曜の朝、秋田空港にむかうため義妹の亭主が運転する車に、息子夫婦と孫娘、家人と乗って新郎の家を出た。空港にむかう途中、秋田駅うらで、わたしだけ降りた。孫娘ともわかれて、帰りはひとりだけ鉄路の小旅をえらんだのだった。

羽越線にて

羽後本荘駅で秋田駅から乗った普通を下りて、同じホームで特急「いなほ8号」を待つ少しの間をみて、階段をあがり階上から駅前ひろばの端を眺めた。閑散とした駅前だが、県下の羽越線沿いでは、ひらけた本荘平野にある由良本荘市の中心街の駅前だった。とおい記憶をたどるとリュックを担いで、関西（長岡京の頃だったか）から夜行急行で秋田・追分の家人の実家に行く途中、この駅前で野宿したはずだった。たしか、あのとき鳥海山に登ったのだ。登るときはそれほど苦にしないで歩き、頂上で食ったカップラーメンがうまかったこと、ところが下山では膝ががくがくとして、やっとのおもいで歩いたことなど記憶にのこっていた。

まもなくはいってきた特急車両の自由席はまばらな乗客で、それでも車内販売はしているようだった。北陸線の特急「サンダーバード」、「しらさぎ」の車内販売は、もうなくなっているし、たしか二年まえに乗った東海道新幹線「こだま」にもなかった。秋田からの東京方面は、盛岡経由の秋田新幹線が主流で、羽越線（いちおう本線だが）は、かつては日本海縦貫鉄道の一部として、けっこうの本数の特急列車が走っていた。新潟との間の特急の本数も多かったはずだが、時刻表を繰ると日に三本しか走っていなかった。やはり、東京一極集中のせいだろう。

十時十二分、象潟《きさかた》駅に停車。あのとき、芭蕉ゆかりのこの地で、朝ぶらついて鳥海山荘行きのバスに乗ったのだったろうか。吹浦《ふくら》までの海岸美をたのしんで、酒田駅の手前で純朴そうな秋田美人をおもわせる中年の販売員から缶ビールを買った。酒田、鶴岡あたりで途中下車したかったのだが、時刻表をみると特急が酒田からふえるとはいえ、それでも日に数本で、長岡駅に夕方までに着こうとすると村上駅までは特急で行かなければむりのようだった。

鼠ケ関を過ぎると県境になった。新潟・府屋あたりの青い海原をみて、しばらくすると大きな島影が見えた。秋田行きの空路、眼下はるかに眺めたくびれた鼓形の島が佐渡島だったが、こんどは海岸沿いを走る羽越線からの眺めだった。

北陸路から

十二時九分、特急「いなほ8号」を村上駅で下車した。旅たつまえ、初めての地の越後・村上に興味をもったのは、今夏亡くなった作家・福田紀一さんの一文だった。もう何年もまえになるが、拙著をおくったときの返事だったろうか、夫婦で越後・村上に来て鮭で有名なこの町の日本海に沈む夕日が絶景でした、というような文面だった。二〇〇二年、拙著『酔夢行』の出版記念会のときには、スピーチをしていただいた。いちど、茨木市の富士正晴記念講演の帰りだったか、梅田のJR高架下の居酒屋で、「VIKING」誌のかつての東京ブランチの話になったとき、日大の教授だったという瀬沼茂樹のことを、あのひとは、よくわかったイイひとだった、と聞いたこともあった。先ごろ、同誌の539号に載った福田さんの「阪神大震災周辺」を読むと、そこには、義弟が兵庫区で被災したとしるされていた。震災ののち馴染みになった三宮・東門街のスナックのママから、わたしは一人のイカツイ顔つきの初老の男を紹介された。顔なじみになると、ときにこちらに「あにきが、あにきのキイチが…」と連呼された。そのひとの姉が福田さんの奥さんだった。東門街のいきつけの店のママは母親の介護のためだったか、店を閉めたのは十年ほどまえになる。

村上の町で一時間ほどぶらついて、酒のアテ「鮭の酒びたし」を買って、新潟行き普通に乗った。

ひさしぶりの新潟駅前だった。記憶はだいぶうすれたが、昭和の五十年代なかばだった。三年のあいだ勤めた富山市の工事事務所から年に一、二度、新潟への出張があった。駅前に建設局のはいったビルがあり、仕事がすんで万代橋たもとにあった保養所に一泊したりした。信濃川のむこうの繁華な本町通、ときには古町通の紅灯の巷もさ迷ったりしたかもしれなかった。

信濃川の河岸に出て、重要文化財になった万代橋を渡ってしばらく歩くと東堀通、古町通となっていた。おもいだすのは、一昨年（二〇一三年）九十二歳で亡くなった播磨の詩人・金田弘氏の著書『會津八一の眼光』（春秋社）にしるされていたエピソードだった。「終章・會津八一寓居」に描かれたくだりにあった。昭和三十一年五月、仕事で新潟にきた金田さんは西堀通に宿をとり、破門状態にあった師・會津八一の行きつけの佐久間書店をとおり過ぎようとしたとき、背後からなにかわめくような声が聞こえて振りむいたのだ。

師が金田さんを見つけてしまい、そのあと寓居で想いもしなかった和らいだ言葉をかけられるのだった。會津八一の死の半年まえのこととしるされていた。金田さんとの縁は、一九九九年の姫路通いにあったころで、八月初旬の足立巻一を偲ぶ夕暮れ忌だった。翌年の夏、播州つとめをおえるわたしを、金田邸の風狂洞とかいったろうか、書斎に招待してくれた。酒を飲まない金田さんが缶ビールを用意していて、ひとりで飲んだのだった。いまは、もう夕暮れ忌もなくなった。

四時十分、新潟駅から長岡駅行き普通列車に乗った。

五時半、長岡駅に着くと、すでに仕事を終えたHさんが改札口で待っていた。彼は三つ歳上の、わたしの初任地・彦根市の事務所での先輩だったが、その後の三十五年の歳月にもつきあいがあるのだった。居酒屋で盃をかさねるうち、酔っぱらってきた彼の口から、女子体操選手のなつかしい名前、羽生和代などという名が出てきてびっくりした。たしか、彼女は大野市出身で高校生でオリンピックに出たのだったか。あれはわたしの小学五、六年のころ、わが小学校に来て演技を披露したことがあったという、とおい記憶…。彦根時代にHさんに、高専生のとき器械体操をしていたと話したこともあったのだろう。

そのとき、マナーモードにしていたケータイが、ふるえるように「ブルッ、ブルッ、…」と鳴った。滅多にない富恵・姉からの電話だった。「いま、どこにいるの」と言い、きょう、戸口（実家）に寄ったらしく、だいぶ父の状態がわるくなったから、もし帰りに寄れるなら鯖江で下車してほしい、ということだった。一瞬、酔いのさめる気がしたが、なんとかすると答えてケータイを切った。

Hさんが二軒目につれていってくれたのは、殿町という飲み屋街にあるそば屋で、新潟名物だという「へぎ蕎麦」の店だった。へぎ板の折敷にのったこしのある「へぎ蕎麦」をアテに、地元の銘酒・越乃景虎の純米吟醸を口にふくむと、越後路の至福のときだった。この店の本店は小千谷市にあると、食通のHさんは言った。小千谷ときけば、ゆかりの詩人の西脇順三郎を想わないわけにはいかなかった。金田弘氏の、もう一人の師でもあり、『旅人つひにかへらず—ニシワキ宇宙の一星雲から』（筑摩書房）の金田さんの著書を想起した。

そうして、Hさんとの車窓をともにした彦根での時空、一九七九年晩秋の一日を想いだしていた。米原から乗った特急「しらさぎ」で、鯖江駅までの車中だった。その夏が過ぎるころ、わたしは深夜の米原駅に行きプラットホームから階段をあがり渡り廊下の窓辺に、自室で書きなぐった詩のごとき紙片をはさんでまわったりした。秋がふかまるころ、一升瓶を傍らにして自室で飲むようになっていた。

真昼、寮を出て、米原駅ちかくの新幹線高架下をさ迷っていた。ふと気づいて、駅裏にもどり公衆電話で鯖江の実家に電話すると、嫁にいっていないはずの姉が出て、「いま、どこにいるの！」と言った。しばらくして米原駅の近江鉄道との乗りかえ口に来ると、ふたりの寮の先輩がいて、北陸線のホームにつれて行かれた。まもなく乗った特急「しらさぎ」には食堂車があって、ふたりと一緒にはいった。もう、アルコールは喉をとおらなくて、ふたりが注文した生ビールのグラスを傾けるのを、ただ見ているだけだった。食堂車を出て自由席にもどるとき、通路を通り車両の継ぎ目のドアが開かれ一歩はいり、後ろのドアが閉じられるさまが、まるで黄泉の国への往還のようにおもえ、あたまの痺れるようなふしぎな感覚がした。特急「しらさぎ」を、鯖江の駅に下車すると、なつかしいふたつの顔があった。

翌日、両親に連れられて、ふるさとの鍵のかかる病棟にはいったのだった。

いまだに、金沢までの北陸線には特急「しらさぎ」は走っているが、もう食堂車はおろか、車内販売もなくなっている。その夜は、いまだ独身のHさんの借上げ宿舎に泊めてもらった。

あさ、まだ暗いうちに長岡駅にむかった。最初の予定では、幕末の長岡藩家老の河井継之助の故地など見て、ゆるゆると越後路をたどり、二度目の赴任地・越中富山でもぶらつこう、という思いつきだった。それが、昨夜の姉のケータイでその試みを断念して、まっすぐ、鯖江の実家に寄ることにした。

六時三十九分、長岡駅発の直江津行き普通に乗った。登校する高校生などの乗客はいるもののまばらなのに、北国らしく暖房がきいていた。ちょっとこまったのは、秋田土産に駅前の市民市場で買ったハタハタ寿司がリュックにはいっていたことだ。一人掛けの座席なので、リュックから出したハタハタ寿司を窓際において窓を開けると、心地よい風がはいってきた。時刻表を繰っていると、直江津に八時六分に着、十二分発の〈えちごトキめき鉄道―第三セクター〉で北陸新幹線乗りかえの上越妙高駅に八時二十八分に下車すれば、三十三分発の金沢行きの「はくたか」に乗れるはずだ。新幹線乗りかえ五分が少々気になったが。秋田駅からの乗車券は旅立つまえに、予め神戸駅で羽越線・信越線から北陸新幹線を経由して金沢からの北陸線・湖西線・東海道線と大阪駅まで買ってあった。長距離切符は割安になるはずだった。

上越妙高駅は、まったくの田野のなかの閑散な駅だった。金沢までの新幹線特急券と金沢からの北陸線の特急券をいっしょに買えば、北陸線の特急券は半額になる。〈えちごトキめき鉄道〉のホームから長い階段を急いであがり、新幹線乗りかえの改札まで来た。窓口よこの有人の切符売場には先客がいて、窓口でたずねると奥に券売機があるからと言われ、そこへ行った。金沢までの新幹線特急券だけならすぐに買えそうだったが、在来線の北陸線特急券は…、まごまごしていると、さっきの窓口の駅員があわてて飛んできて、わたしの言うとおりの北陸線の鯖江駅までの特急券を買う操作をしてくれた。

改札をくぐり、真新しい新幹線ホームに駆けあがると、二十秒ほどで「はくたか」は到着した。これをのがすと次の金沢行き「はくたか」は、九時四十四分まで一時間以上もないのだった。そういえば、早朝、Hさんがスマホ（わたしがもっているのは、ガラケーともいう昔ながらのケータイ）で調べたとき、新幹線は出なくて直江津から糸魚川経由になる旧北陸線の〈えちごトキめき鉄道〉で富山までと出たのは、おかしくはなかったのだ。

やはり新幹線は特急券が高いだけに、速いのひとことに尽きるが、むろん、旅情というようなものはない。

糸魚川駅の付近で海が眺められたが、あとはトンネルばかりで親不知子不知の海岸などなかったかのように富山県にはいった。富山駅に停車する前後の車窓をなつかしく眺めた。

あいにく立山連峰の山並みは、まだ朝早かったせいもあり新幹線のすすむ方向からは逆光のようになり、よく見えなかった。ことし三十二になった息子の出生の地が、ここ富山市だった。春に生まれた息子のおしめを宿舎のベランダに干していると、真っ白の立山の峰が望めたものだった。初任地の彦根での大病を経て、初めて転勤で赴任したのが富山だった。プレハブの工事事務所で、業務は北陸自動車道の富山ＩＣから滑川ＩＣの建設、東海北陸自動車道の砺波〜福光間の調査・設計などだった。

北陸新幹線の終着、金沢駅を下車したのは、九時三十七分。兼六園口を出て、もてなしドームをくぐると、道路を隔てて金沢都ホテルが見えた。このビルに金沢管理局の会議室があり、三十九年まえ、福井高専の土木工学科の二度目の五年生の秋、就職試験を受けたのだった。

九月に帰省し、畑仕事をしたあと、父の書道の道具や和紙がおかれた隅の棚に、幾つもの空き箱があり一つに、〈息子からの便り〉と書かれたのが見つかった。開けてみると、富山時代からのわたしの便りにまじって、下に日本道路公団と印刷された速達の封筒が出てきた。昭和五十一年十月二十日付けの公団の人事部長の名で〈高専卒業予定者の採用試験について〉という書類だった。試験日時は第一次試験として十一月一日（月）とあり、別紙のくすんだような青焼きのＢ４の紙があった。そこに全国八か所の会場名が示されたうちの金沢が指定されていた。たしか一次試験は、英数国などの一般教養だったはずで、一年まえに大学受験勉強をしていた身には、けっこう書けたような気がした。すぐに通知があり、十一月五日の東京での第二次試験に行った。そこでは土木の専門課程の試験などはなく口頭試問と健康診断だけだった。もう一つ出てきた公団名の書類は、十一月十九日付けの採用試験の合格通知書だった。

金沢に来たのは、十年ぶりくらいだった。たしか、毎年の〈中野重治の研究と講演の会〉が、いつもは東京であるのだが、金沢で開かれたときだった。懇親会だけで帰るつもりをしていたのに、金沢の会の代表の小川重明さんから、会場のウェルシティ金沢のツインが空いているからと勧められ、岐阜の大牧冨士夫さんと泊まることになった。二次会で香林坊うらの鮨屋とスナックで飲んだ翌朝、県立歴史博物館辺りの木立のなかを、心地よく散策して金沢をあとにした。小川さんが去年、十二月に亡くなった知らせがあり、四月になり定道明さんから小川さんの蔵書だったという詩誌『コスモス―中野重治記念・通巻65号』（一九七九年十月五日発行／編集人・秋山清）が贈られてきた。「詩・わが別離の記―吉田欣一」や「詩集年表―寺島珠雄」などを興味ぶかく読んだ。

金沢といえば、わたしの最初の記憶は、小学の四、五年生のころで、父母と就学まえの妹と金沢ヘルスセンターに日帰りで来たことだった。中学生になった姉は、クラブ活動があるとかで来なかった。父は四十になったころで、七つ年下の母は和服だった。

近江市場を覗きたい気もしたが、西別院あたりまで歩いて踵をかえして金沢駅にもどった。北陸新幹線が開通し、今春から金沢発となった十時四十八分発の特急「しらさぎ」に乗った。昼まえに鯖江駅に下車して、姉の車で実家にむかった。

十月二十二日（木）

七時四十分、大阪駅発の特急「サンダーバード」は鯖江駅に九時三十分に着いた。おといの夕方、鯖江駅を普通列車であとにして一日ばかりだった。待っていた妹の車で丹南病院にむかったが、運転しながら妹は力なく、こう言った。

「あさ、主治医の先生がみえて、あまり血液検査の結果がよくないので、早く処置をしないといけないいんやと」

五分ほどで病院に着いて、六階の内科の病室にはいると四人部屋に父はいた。九十になったこの夏は、いまだ矍鑠としていた父だったが、入歯をはずして目も窪んだようになり、年老いた病んだ姿で横たわっていた。なぐさめる言葉もなく、ただ「どうや」とかすれたような声をかけ、しばらく脚をさすっていると、父は言った。

「やはり歳は、とるもんでないわの」と気弱な表情で。姉と妹には「家では、とうとう死ねんのやろか」と言ったとのことだった。介護のしごとをしている一緒にきた家人が、病人の気持がいちばんわかるようで、家人がかける言葉に父は素直にうなずいていた。

十一時ごろ、内科の主治医と手術を担当する外科医から説明があった。外科医は父の内臓の映像をみせて容態を説明した。胆嚢から胆汁を十二指腸におくる胆管に幾つも石ができて、そのまわりに膿がたまっていて炎症がある。手術は胆管に細いパイプを入れて、まず膿をながす処置、あわせて胃カメラで石を砕いてとる処置を急いでしますから、と承諾をもとめられたので、否も応もなく処置をお願いした。四十前後のはたらき盛りの、手術には手慣れているふうの外科医の明確な説明に納得した。〈下手すれば、二三日で危ない…〉というような話はなかった。

二時過ぎ、父は病室から車椅子に乗り手術室にはいった。膿の除去と胃カメラの処置は四時、無事に終わり術後、父は六階の内科病室から三階の外科病室に移った。その日は麻酔がきいているとのことで、眠っている父の姿をみて病室をあとにした。

父は十一月六日、退院した。その日、父の要介護認定がすみ、自宅にはいった介護ベッドでの寝起きとなり、七つ若いとはいえ足弱で同じく要介護認定のある母との暮らしにもどった。

（「青磁」35号・二〇一五年十二月）

還暦、定年まで

湖東の城下にて

二〇一四年春、ほぼ一年ぶり、彦根駅頭に降りた。駅前から数分あるいた京町の、店先はむかしの城下町ふうの装いに改修されているが、店内はほぼ昔のままだった。あのころ住んでいた国道八号沿いの外町の寮からは、あるいて二十分ほどの距離のいきつけだった小さな本屋・ヨシダ書店だった。

この湖東の城下町に就職して三年目の一九七九年暮れに、ヨシダ書店の棚で見慣れない月刊誌を見つけた。『新日本文学』という、表紙に〈特集─中野重治／人とその全仕事〉

と記された初めて手にする雑誌だった。ぼくは、その年の秋、ふるさとの精神科病棟にはいった。一カ月ほどしてその病棟を出て、湖東にもどりふたたびの寮暮らしにあった。そのころ、隣のNさんの部屋から、小踊りするような軽やかな音色のレコードがかかった。Nさんに聞くと、モーツァルトの喜遊曲第百三十六番ということだった。もう、すでに以前の自分とは異なり、意欲も活力もうせたような身に、軽やかな楽曲の音色がかすかに慰めてくれた。そのころ、病前になんどもかよった京町の本屋に行くと、ふるさとの文学者の追悼の雑誌に出あったのだった。

一九七七年春、ふるさとの鯖江を出て湖畔での寮生活をはじめた。翌年七月、八つ歳上のNさんが仙台からの転勤で、三階の自室の隣にはいった。二十二にとって三十路といえば、もうおっさんという感じだったが、Nさんは一見して老成したような感じもうけたが、おかっぱ髪に無造作なりで書生っぽいような雰囲気もあった。なにより本と高価なステレオのセットとレコードの多さに惹かれ、しばらくして、Nさんの部屋で缶ビールを飲むようになったりして、妙に気があうようになった。

その夏から、Nさんと一緒に京都などへ行くようになった。祇園の場外馬券売場に寄り、荒神橋たもとのシアンクレールや木屋町の蝶類図鑑やブルーノートにはいり、夕方に裏寺町や木屋町で一杯ひっかけるというパターンだった。

そうして翌年の夏から秋にかけて、Nさんとも離れた、ぼくだけのこころの彷徨だった。いつ頃からか、駅前の喫茶店にしばしば行くようになった。その店のはいっている駅前のビルは、その夏に進出した平和堂を中心としてできたばかりで、店は階下のヘアサロンよこの階段をあがった二階にあった。

その喫茶店のママらしき女のよこ顔をながめに、その夏から足しげくかよった。秋もふかまったころ、ふつふつと、女のよこ顔に幻影をみるようになり、ぼくは一つの原稿にとりかかるとともに、いつしか酒なしではいられなくなっていた。一夜、町を彷徨って明けがた寮に帰ってきた日、Nさんともう一人の先輩に汽車に乗せられ、彦根駅から米原を経由し北陸線で鯖江に帰郷して、翌日、ふるさとの病棟にはいった。

二〇一四年のきょうは、岐阜・土岐市での、かつての彦根独身寮OBの集まりでNさんたちと前夜飲んで、彦根駅頭に下りて、いきつけだったヨシダ書店に立ち寄ったのだった。二十代前半だったあのころ、無頼派の坂口安吾や太宰治の文庫本を買ったものだが、『滋賀県の歴史散歩・下』(山川出版社)を一冊買った。

駅前の平和堂のならびのアーケード街の三階建ての小ビルに、かつての己の青春期の残像をみて偲んだ。ヘアサロンの上にあったはずの喫茶店だった場所は、いまは予備校になっていた。あの年、退院して、しばらく鯖江の実家で養生して年の瀬の暮れ、父の運転する車で、ぼくは湖東の寮にもどってきた。一緒に車に乗ってきた母に伴われて、駅前の平和堂で冬用の黒いジャケットを買ってもらった。その服は、いまだに北須磨のわが家の箪笥の隅っこにかかっていて、冬になると取りだすのだが、さすがに年代物となり、裾や襟がほころびて、よそに着ていくのには、ちょっと…という若かりしときのいわくつきの一着だった。

暮れの酒場まで

師走、二十二日の月曜に年休をとって四連休になった。約一年半ぶりに買った〝青春十八きっぷ〟で、二十二日に神戸駅から新快速に乗った。米原まで行き、待っていた大垣行きに乗り、大垣で接続のよい豊橋行きの新快速に乗った。乗りなれているJR西日本の新快速に比べて、スポーティーな車両で揺れもすくなく軽快に走る感じだった。

岐阜から豊橋にかけては、名鉄と競合しているせいだろう、新快速は百二十キロで運転し本数も多い。中部圏は豊橋までで、その先は三河から遠江にはいり交通のながれも変わるということだろう。豊橋から快速はなく普通に乗った。県境を過ぎてまもなく、浜名湖が目にはいり右手の遠州灘のほうに高く張りだした長大橋が眺められるが、浜名湖バイパスだろうか。

浜松下車、出世城だという浜松城をのぞいてみようと駅前から歩きだした。ところが、遠州で温いだろうという期待がうらぎられ、風が身を切るように冷たい。遠州鉄道の起点・新浜松まで街なか散歩をして、浜松駅に後もどって、また鉄路の人となり折りかえした。

年の瀬になると、いつもながら伊吹の山を望みたくなる。この日、来る車中に近江長岡から柏原にかけての車窓に、春先は微小粒子状物質（ＰＭ２・５）だかで煙ったようだったのが、山頂を雪におおわれた雄大な伊吹の山並みがくっきりと望めた。真っ白な山並みに、この秋の戦後最大の火山災害になった御嶽山の噴火を、ちょうど休みの土曜で、まじまじとテレビに見入っていたことを思いだしていた。

木曽の御嶽山が、有史以来はじめて噴火したのは、一九七九年十月二十八日。そのテレビニュースを、ぼくはおぼろげな意識のなか、鍵のかかるふるさとの病棟で見たのだった。

奥まった壁に囲まれた処置室を出て、しばらくしてからだった。死火山だったはずの御嶽山が噴火するようじゃ、この世もおわりだ、いやそうあってほしかった。しかし、おれは鍵のかかった病室にいる。この現実を、いかに処すべき身もあらぬ、とばかりに。

関ケ原から伊吹山を迂回するように近江長岡まできて、ふたたび伊吹の山並みに見入った。と同時に、彦根駅の手前、芹川の鉄橋をわたる辺りから小ぢんまりとした天守が、いつもよりはっきりと眺められたのを想起した。比良連山の白い山巓をバックにして望める小振りの天守閣が目に見えるようだった。

やはりというべきか、暮れなずむ湖東の城下町に下車した。町を訪れたのは、この春いらいというのでもなかった。九月末、かねてのぞいてみたかった〝玄宮園で虫の音を聞く〟にきたから、三カ月ぶりだった。

京町の居酒屋はやっていた。このまえは、たしか二〇〇九年、ちょうど今ごろ、昼から年休をとって、初めて石田三成の居城だった佐和山城跡に登って、暮れたころに行ったのだった。その晩は、車中に乗りこすこともなく、最終まえの地下鉄で帰宅するとポストに見なれない封書がはいっていた。なかを開けると、中身は神戸の本屋から届いた息子への就職内定の通知だった。そういう事情もあり忘れられない日だった。いや、まてよ、その後も一度きているはず。十一月の誕生日で五十六になるのを期して発行日とした四冊目の拙著『残影の記』を上梓したのは、二〇一一年。出版元の編集工房ノアの涸沢さんと、その年の暮れ、長浜を起点にした竹生島紀行の帰りに彦根に途中下車、赤提灯に寄ったのだった。

三年ぶりに赤提灯のぶらさがる引き戸をあけると、和服のママが迎えてくれた。この店に初めてきたのは、湖東の町に就職して二年目のころだったろうか。かすかに記憶にあるのは、城内の花見にきた帰りに寄った思い出だ。いま、表御殿を復元した彦根城博物館がある敷地は、昭和五十年代前半はグラウンドになっていた。そこは、メーデーの集号場所にもなった。二度目だったか、職場の花見は城内のグラウンドの端にある桜の樹の下だった。縁の土盛りした外側は内堀になっていた。一升瓶をかたむけて冷や酒を飲んでいて、案の定、酔っぱらって、ふらふらと土盛りに上がった一人が内堀に落っこちてしまった。帰り道にある京町で飲みなおしとばかりに、そのころ職場の何人かがいきつけだった赤提灯に寄ったのだった。

二〇〇五年から二年間、栗東で週日の単身赴任していたころ、ふた月に一度ほど、夜の城下町にかよったことがあった。そのとき、ぼくは五十になったころで、ママは六十代にはいったころ、ママは言ったものだった。「七十まで、店をやっていたい！」

菊正宗の熱燗を口に含みながら、来年でぼくは還暦、ママは七十かと肯くものがあった。最初にあったころ、ママは三十代になったころで、瑞々しい和服の城下のおんなだったが、古希の老いを感じさせても、いまも色香は衰えてはいないようだった。

ちょうど二時間ほど飲んで居酒屋を出て、八時二十三分の新快速に乗った。この時間なら三ノ宮駅に十時すぎには着くだろうと、酔いながらもリュックにいれてきた『歴史読本―特集・英雄の条件』（昭和三十六年五月号）を取りだした。すこしまえに、東京の古書店〝月の輪書林〟から送られてきた『古書目録十七―特集・ぼくの青山光二』で注文したものだった。その本に、青山光二は「苦節十五・井伊直弼立つ」という文章でこう書いていた。

《私が井伊直弼という人物に興味を惹かれはじめたのは、二十年ばかり以前、滋賀県の長浜商業学校で英語教師をしていた頃のことである。私は彦根商業学校の講師をも兼ねていた。》

あの青山光二は、わが曾遊の地・長浜で教鞭をとったことがあったのだ。ぼくは、この湖東で脳を病んで、一九八〇年四月に富山に転勤した翌年だったか、『われらが風狂の師』

（新潮社）を読んだのは。婦中町の精神科で処方された抗うつ剤に、アルコールを次第にちゃんぽんのようにして飲みながら、青山光二が描く作中の哲学教師が、まさに風狂のようにしてさすらい、ついにはほんとうに狂してしまう姿が身にしみたのだった。

その夜は、乗りこすことなく三ノ宮駅で下車して地下鉄で名谷まで帰った。

ある原稿用紙

十二月十八日の朝日新聞（朝刊）に、日本現代史家の松尾尊兊《たかよし》氏の訃報が載った。「大正デモクラシー」などの研究で著名な京大名誉教授で、享年八十五とあった。もう十五年ほどまえになるが、松尾さんには一度だけお会いしたことがある。ただ、それはぼくの記憶にあるだけで、むろんそのことを松尾さんはおぼえていなかったろう。

あれは一九九九年夏の福井・丸岡町での中野重治の〝くちなし忌〟の際だった。その春、松尾さんが岩波書店から『中野重治訪問記』を出版された。ぼくは日本現代史家として松尾さんの名は知っていたろうが、起きがけに書名を朝日の一面下の新刊広告でみて、当時ぼくは播州勤めで、姫路のお溝筋・フォラムにあったジュンク堂書店に立ち寄り、さっそく買った。魅せられたように読みふけった。

その夏は、中野重治歿後二十年になり、〝くちなし忌〟のあと懇親会がもたれた。そのときは、中野重治の会の会員ではあったが見知った人は、ほとんどいなかった。〝くちなし忌〟には、毎年、講演があるのだが、松尾さんは講師としてではなく聴衆として参加されていた。ぼくは、『中野重治訪問記』の「六・軽井沢の一日」に中野重治と松尾さんの写った一葉を思いだして、読者の一人として挨拶したのだった。

暮れも押しせまった二十九日のきのう、松尾さんの『中野重治訪問記』を出してきた。乱雑なぼくの書架にしては、めずらしくすぐに取りだせた。奥付の空きに読了日が三回、記してある。初読は買って読みおえた一九九九年三月二十二日。二度目は二〇〇二年七月二十日。その春、松尾さんから初めて便りをもらっていた。前年の暮れ、ぼくは二冊目の『酔夢行』を上梓し、春先だったと思うのだが松尾さんにお贈りした。それに対する返事が届いた。文中、なかほどにはこうあった。

《桑原さんの話も出て来て、なつかしく思いました。お書きになっているとおりの率直な人柄です。福井の人は同郷意識が強いのではないでしょうか。…》

手書きで便箋に丹念に記された三枚に感激し、その年は中野生誕百年でもあり、夏に再読したのだった。

再々読は、二〇〇六年一月十七日。九年まえになるが、このときのことは、はっきりとおぼえている。前年の暮れに三冊目の『酒中記』を上梓し、心当たりの人に送付したところ、年末には少なからぬ人から拙著への感想の便りをもらった。この年は十月の道路公団関連の民営化があり、ぼくも栗東の事務所という支社とは異なる管理の現場へ異動となり、栗東での週日の単身赴任の勤めにあった。そんななかで節目のぼくの五十路入りを記念して、暮れの上梓となったのだった。正月もおわる三日、あすの栗東に赴任すべくこころの備えになっていた日、郵便受けに朝日新聞社と印刷されたB4サイズの封筒がはいっていた。差出人は京都の松尾となっていた。かつて朝日の書評委員をしていた人だから、この封筒だろうか。うれしくおもいながらも薄いので単行本などではなく論文集かなにかだろうかと、封筒を開けてみた。なんと大きめの原稿用紙が一冊（百枚）はいっているではないか。ああ、どういう意味か、最初はちょっと訝るものがあった。あんなしょうもない本など送ってくるな、この原稿用紙で、もっとちゃんとした文章を書く修業をしてください、とでもいった歴史学者の低意地のわるいもくろみが、一瞬よぎった。二冊目の『酔夢行』のときは、あんなに好意的な便りをもらったのに、と。しかし一冊の原稿用紙の下には、いつものように手書きの便箋が三枚はいっていた。末尾に、こうあった。
《いつも頂くばかりなので、思いついて、中野さんが晩年使用していた原稿用紙をお送りします。これは私が中野さんに頼まれて京都の文英堂という知合いの受験参考書を主に出している出版社に作ってもらったものです。中野さんの歿後に、形見として原さんから何冊か頂いたものです。…》
二〇一一年秋に上梓した『残影の記』を贈った際の松尾さんの便りに、拙文「北須磨から―十六　沈着・無私な人」を読まれたのか、こうあった。
《田所泉氏は、私の師匠・北山茂夫先生が田辺中学の教師をしていた時の生徒です。その関係で知合いました。田所氏に招かれて新聞協会で講演したこともあります。著書もすべていただいていました。…》
それが松尾さんからの最後の手紙になった。

ふるさとの葬儀にて

大晦日の明けがた夢をみた。高専のW先生が職場に、ぼくを訪ねてきた。右往左往して、上司に先生を紹介したりして…、しかし、どうにも同僚と馴染めないぼくをみたW先生の困惑した顔…。どこの職場か、彦根の事務所だったような…。あのころ昭和五十年代なかば、先生方は後輩の就職のこともあり、おもに近畿園に勤める土木工学科の一期から三期までの卒業生の職場を訪ねられたようだった。ぼくのところへは、むろん来られなかった。一年留年し、かつかつ卒業して、あっぷあっぷで就職したぼくのところは遠慮されたのだろう。

けったいな夢をみた、もうW先生は退官して十年にはなるだろうし、ぼくは定年まぢかだというのに。

正月休み明けの五日が、ことしの御用始めだった。その勤めもことしで終わりになる、もう来年はないだろうといううれしいような寂しいような気持もあったが、そんな気を吹きとばすようなメールが鯖江の妹から届いた。姉の夫、義兄が、早朝に倒れて救急車で運ばれたとのことだった。その夜、どうにか義兄の意識はもどったと知らされた。二、三日して、姉から実家の父母に伝えられた話では、血管はぼろぼろで、医者からもう長くはないと言われたという。このまえ、義兄にあったのは去年の六月、義兄の母親の通夜、葬儀に帰ったときだった。長年、ふるさとを離れて、勤務地で三十数年すごしてきたから、親類つきあいは父母にまかせて日をおくってきていた。しかし、ことし九十になる父、八十三になる母が、だいぶ弱ってきた感もあり、少しずつ親戚つき合いもせねばという思いもあり、義兄が喪主をつとめる葬儀にも帰省して出た。そのとき、義兄の尋常でない老いた姿、ふらふらとした足どりに驚いたのだった。しかも、食べずにアルコールをしばしば飲んでいるらしかった。前年の初夏、息子の結婚を機に、息子夫婦と帰省して身内の姉妹夫婦を呼んで鯖江の実家で披露をしたときは、まだ国交省の河川国道事務所の委託運転手をしているとかで、それまでと変わらぬ健在ぶりだった。

二月四日、朝、義兄、危篤のメールが妹から届き、夜、亡くなった知らせがあった。六日の金曜、休みをとって朝、須磨の名谷から家人と地下鉄で帰省の途についた。

三ノ宮から米原行きの新快速に乗り、米原から特急「しらさぎ」に乗るつもりをしていたのだが、車中、四国での地震発生のあおりで新快速が遅れて、米原から近江塩津行きの普通に乗った。通夜は六時、その前に自宅での湯灌が三時からあり、それに間にあえばという気持で、雨のそぼ降る近江塩津駅に下車。ここでしばし敦賀行き普通まで待ちあわせ、こころの底では、義兄の亡きがらにあうのを恐れているような…。閑散とした寒風吹きさぶ駅前で、ちょうど二年前の今ごろ、秋田、男鹿半島のつけ根になる追分であった義母の葬儀に想いをはせていた。

…まだ暗いなか名谷の自宅を出て、早朝の伊丹発の飛行機に搭乗。二十数年ぶりになる二度目の空のひとになった。秋田空港からリムジンバスに乗り秋田駅からJRに乗車し、昼まえには奥羽線と男鹿線の分岐になる追分駅に下車した。妻の実家に行くのも二十数年ぶりで、なんとも義理を欠いたことだった。

昼すぎ、映画の「おくりびと」さながらの湯灌を初めてみて、その夜は妻の実家で身内だけの通夜をした。翌日、荼毘に付して遺骨を義母の家におさめた夜、義妹夫婦の車で近くの山あいの温泉に行き、二日ぶりの入浴をした。追分・潟向の家にもどる途中、夜空を仰ぐと、満天の星がきらきらと輝いていた…。

北陸本線・武生駅で福井鉄道の福武線に乗りかえ、鳥羽中駅に二時すぎ家人と下車した。変わりはてた義兄の亡きがらに対面したあと、三時から湯灌があった。夕方の通夜がすみ、その夜は父母らと葬儀会館に泊まった。夜伽で棺の置かれた部屋で遅くまで、姉、甥、義兄の従兄弟たちと酒を酌んだ。

翌朝は、北陸の冬にしては珍しいような冬晴れの日差しだった。夜半まで飲んでいたにしては、アルコールもぬけたふうで朝めしのあと散歩に出た。鯖江市の北西になる吉江地区は、近松門左衛門が幼少期をすごしたとかで、「近松の里」という一画があり、いっとき福井藩の支藩が置かれ、風情のある七曲りという通りもあった。

十一時、葬儀の最後に義兄の長男Kが喪主の挨拶をした。独身だが、もう四十にちかいはずだ。彼がうまれたとき、ぼくはまだ福井高専の学生だった。一月にうまれたばかりのKちゃんを実家で、父母が風呂にいれているのをみた記憶があった。ぼくは、その年、土木工学科の五年生を途中でやめるつもりで、国立大学の文学部に入ろうと受験勉強をしていた。けっきょく、一期校の東北大学はむろん、二期校の信州大学もあえなくすべって、その年の春、再びの土木工学科の五年生に留まった。

終わりの季節

三月十三日、金曜の昼めしのあと、ＪＲ茨木駅のプラットホームへ行った。職場は、駅から徒歩五分もかからない距離のＪＲ沿線にある。昼の散歩時に、大阪駅にむかう寝台特急「トワイライトエクスプレス」が職場ちかくの線路を通過して行くのに、何度か出あったことがあった。きょうは、明日からのダイヤ改正で最終便となる札幌発の同列車が、昼どきに茨木駅付近を通りすぎるのだった。四半世紀以上にわたって走ったこの人気寝台特急には縁がなかったが、最後を見送る気になったのだ。あれは、もう十年以上まえになるか、夜行ではなかったが青森発の日本海側の最長特急「白鳥」のラストランを、当時は堂島に職場があり、夕方に大阪駅に着く列車をみにいったことがあった。おおぜいの鉄ちゃんがプラットホームに駆けつけて写真を撮っていた。あの列車は、家人の実家の秋田に行くには、乗りかえなしの便利で安価な旅路だった。近ごろは、家人はもっぱら伊丹からの飛行機になった。

明日の東京から金沢までの北陸新幹線の開業で、かつてない、金沢を主にした北陸が脚光をあびている。関西からはかえって不便なこともある。大阪から特急「サンダーバード」は金沢までとなった。在来線は第三セクターになる。たとえば、秋田まで行くときは、サンダーバードで金沢まで行き、北陸新幹線に乗りかえ上越妙高まで、そこから新潟まで信越線、新潟から羽越線で秋田までと三回乗りかえ、特急券もばかにならないだろう。北陸新幹線の開業には、越前うまれで富山にも住んだことのある身に、いくぶんの複雑なおもいがした。

そういえば、むかしは金沢と上野とのあいだを信越線・直江津まわりの昼間特急「白山」というのが走っていた。それに乗った記憶はないのだが、一度だけ、東京からの乗車券と「白山」の特急券を手配したことがあった。当時、富山市に勤め先があり、国鉄・富山駅に着く「白山」で下車する三人をむかえに行ったのだ。詩人の吉原幸子さん一行で、「詩・音・声のジョイントコンサート」と題した催しで、富山の詩のグループで呼んだのだった。吉原さんが亡くなって、すでに十年の時が経ったが、当時かなりアルコールを聞こし召していた詩人は、まだ五十まえだった。

茨木駅の大阪方面プラットホームの先端で、十二時四十分、深緑色の車体の「トワイライトエクスプレス」が通りすぎていくのを見送った。そうして、やがて遠くない、ことしの秋には、このちかくのわが職場を去るのだというおもいとともに。

それにしても、わが三十八年の宮仕え、そのうちの三十年ちかくをすごした公団という、いまはない特殊法人は、ぼくがはいったころは半官半民とかいわれたが、ちょっとけったいな組織だった。公務員なみというが、県や市町村のような役所とはかなりちがった。公団は、高速道路の建設、維持管理をする組織だった。高速道路の開通には政治がらみもあったろうが、開通時期が決まれば至上命令でしゃにむに守らねばならず、組織あげて業務に没頭、職場はサービス残業などあたりまえ、そんな雰囲気だった。

もう四半世紀まえ、当時、福知山市で舞鶴自動車道を建設する事務所に勤めていたぼくは、開通をひかえた舗装工事に携わっていた。職場の中堅ともいうべき三十代なかばだったが、うつ症状がきわまり出社拒否をおこし、通院していた精神科の主治医にたのみこむようにして、自ら精神科病棟にはいってしまった。一人むすこは、まだ幼稚園児だった。裏日本気候の丹波地方に、霙や小雪の降りつける真冬のころだった。

《一九九〇年　冬

一月十七日（水）

このごろ朝が苦しい。ふとんから抜けでるのに葛藤。苦しみは、今後、しごとをどうするか、四月に辞めるべきか思いなやみ、小雨のなかバイクで出かける。

一日がながい。昼休みに島尾敏雄の精神病院モノ、読みつぐ。妻が入院するのに一緒に連れだって入院した顚末を書きつづった私小説である。

一時間、残業する。六時半、バイクで帰宅。（ギア、切りかえの握りが壊れていたのを直す、千円）フサはパート先の仲間との新年会に、八時出かける。今晩は焼酎を二杯飲むと、なにもする元気なし。文人と八時半、ふとんにはいる。すぐ熟睡、フサ帰ったのわからず。

十九日（金）

七時起床。きょうも普段とかわらず苦渋の一日。苦渋といっても、日々内容は違っているが、時のすごしかたの中身はそれぞれ言葉にいわれず。六時に事務所を出る。ああ、やっと一週間がおわったと。しごとは本来、たのしくあるべきだと、妻のフサは言う。その気分とは、ほど遠い生活をしている私が抑うつぎみになるのはあたりまえか。健康がいちばんだというフサは、はやく辞めるべきだという意見になってきた。会社というものが、いまの私に最大のストレッサーだとすれば。

二十日（土）

二人が出かけていっても、ふとんから抜けられず。十時にようやく起きだす。おそい朝めしをとって、洗濯をして曇り空のベランダに干す。気分重し。

十二時、二人帰ってくる。炬燵にはいると、もうたまらずうつらうつらする。フサも風邪をひいたとふとんを敷いて寝ている。文人ひとり元気で、遊び相手に私をもとめる。

五時にフサは起きだして、上階のHさん宅に遊びにいっている文人をむかえに行く。きょうは気分すこぶる悪しで眠ってばかりいたが、焼酎一杯飲む。九時、ふとんにはいると、また睡魔におそわれバタンキュウ。

二十一日（日）

きょうは九時起床。フサが出かける七時半ごろ醒めつつあったが、ふとんから抜けられず。八時半、ふとんのなかで新聞をながめるが、近ごろ社会情勢にも興味が見いだせない。横になってＮＨＫの日曜美術館のユトリロを観る。かつて、アルコール依存のこの画家に興味をもった時があった。ひさしぶりに天気がよく、ふとんを乾し掃除機をかける。しかし、本を読む気持の余裕はなく落ちつかない心の状態。それでも、きょうは炬燵でうつらうつらすることもなく、なんとなく時をすごせた。

夜、いつもの晩酌少々、九時就寝。

二十二日（月）

あさ、病院に行こうか迷う。まだ二週間経っていないのに。心の憂いはしつこく私を蝕む。なんとか一日すごして六時帰宅。純米酒一本買って帰る。しんどい、シンドイ。

二十四日（水）

六時半にふとんを抜けだして窓から外を見ると、辺りは雪で白一色。五センチぐらいの積雪だろうか。自転車にしようか、バイクだとひっくり返って事故のおそれがあり心配だ。

昨夜、近ごろの私の状態を自己分析したら、とフサが言った。まず気力に欠ける、おどおどしている、先の見とおしがつかない。会社でのしごともほとんどしていないが、ただただ時間の経つのがながくて、言うにいわれぬ苦痛だ。お先真っ暗とはこんな状態だろうか。

六時半、きびしい冷えこみのなか自転車で帰宅。家に帰っても気分が失せて何日経つだろうか。「待てば海路の日和あり」というが、いったい何時になったら、そんな日が来るのだろう。

明日のあさ、寒気がいちだんときびしくなるという。バイクで病院に行けるか心許ない。福井に住んでいた二十歳ころまで、夜しんしんと降る窓辺の雪を見ながら心躍ったものだったのに。

二十六日(金)

文人は熱がでて幼稚園を休む。私もつれられたように年休をとる。三連休になってしまった。十時半、M病院の外来に行く。もう辞めると会社に言おうと思っているとS先生に告げると、しばらく考えこまれたふうで、薬を変えてみるから来週の木曜にまた様子をみようということになった。

れない。

二十七、八日（土、日）

寝て暮らす。私の心のなかの肥大した患部は眠りを要求して、ほかになにもさせてはくれない。

二十九日（月）

三連休にしたあとの月曜は言葉で言いつくせぬしんどさが、私の心身を責めさいなむ。なにをすれば時が経過してくれるのか。これはもう、しごとに行っているというよりも、会社という檻のなかで時が主役のドラマを演じているようなものだ。土日、午後はほとんどうとうととしていたのだから、事務所の机のまえに座っているだけでも責め苦だ。もう私の心身は会社つとめに耐えられなくなってしまったのか。

まったく疲れはてたという気持で、六時帰宅。迷ったが晩酌に中瓶ビール一本飲む。気持を取りなおして、ストーブをつけて燗酒をすすりながら、島尾の『われ深きふちより』ひろい読み。二本飲んでようやく体が温まってきたころ、読了。うすい文庫本に一カ月ほどかかってしまったが、自分の心身と照らしあわすようにして読みおえた。

二月一日（木）

夕方、ひとり病床に佇み、ＦＭラジオのスイッチを入れると、この時間にしては心地好いジャズが流れてきた。いまの自分は病棟のなか。精神保健法第二十二条の三の規定による任意入院。

フサ、五時の病院のバスで帰る。社宅の人にあずけた文人が待っているはずだった。彼女には不服な重苦しい納得のいかない私の不意の入院だったろう。文人とノロノロと宿舎の階段をあがり玄関のドアを開けるフサの足もとが見えるようだった。》

一カ月の診断書を事務所に出すと、すぐに職場の上司は主治医に会いにきた。上司の提案は、勤務時間を短くして、しかも送り迎えをするから、入院しながら事務所に出てこられないか、というものだった。主治医は治療が優先するのだが、といいながらも受けいれた。そうして一カ月ほどを入院しながら職場に通った。むろん状態はよくならず、あと一カ月は、まったく職場に通わず入院して各種の治療に専念した。丹波地方におそい桜の開花の時期となり、病棟の窓ごしに八重桜をながめたころ退院となった。

あまり、こころのなかの状態がよくなったとも思えなかったが、ほとんどするべき仕事もない、いや、できなかった職場へと由良川の堤防道路を自転車で通勤した。その年の夏、転勤辞令が出て福知山を去った。神戸・北須磨にある事務所で、会社の嘱託医が勤める尼崎の労災病院に通える勤務地という上司の配慮だった。

還暦以後

ことし、二〇一五年は神戸・北須磨暮らしも四半世紀を経たことになる。すまじき宮仕えも、いまは死語と化している感のある窓際族を、ヒラで三十年ほどもつづけたともいえるかという自嘲と、ちょっとの自負とのない交ざった気持でもあった。

二〇一〇年三月、それまで会社が借りあげていた北須磨の中層集合住宅から、いちおう自家の、ちかくの古びた中層マンションに引っ越した。それ以降、あさ、出がけまえにトイレのなかで本を読む習慣ができた。中野重治の戦後まもなく筑摩書房から出た『楽しき雑談』から始まり、遅々とした読み方だが、中野本を数冊、いまは勁草書房の『続 高見順日記第三巻』である。末尾の昭和三十九年、六月二十六日の項に、こうある。

《この春、岸道三の三周忌が同寺（円覚寺）で行われたとき、私も杖をたよりに出かけて行ったが、そのとき（朝比奈）宗源老師はこう言った。

「座禅とは一度死んでみることである」

この言葉が忘れられぬ。

しかし「死んでみる」とはどういうことか。いろいろと考えられる。考えようによってはむずかしいことである。》

ここに出てくる「岸道三」という名におぼえがあった。昭和三十一年四月に創立された日本道路公団の初代総裁であり、一八九九年生まれと高見より八歳年上になるが、旧制一高の先輩になるとかで、つきあいがあったようだ。

わが職場の小さな図書室に、『悪童会―思い出の記』という冊子がある。岸総裁の人脈から選ばれた文化人に今日出海、荒垣秀雄、横山隆一らがいて、〝悪童会〟と称していたという。その当時の、道路事情のわるさの〝悪道〟をもじって名づけたもので、建設工事のはじまっていた名神高速などの現場を視察し、ちかくの名勝などを旅行したようだ。冊子は、それらの見聞、記録を公団広報課で編さんしたものだった。初期のころ一回だけ参加している高見順は、建設現場ならぬ酒場で写した顔写真が載っていた。

前記「高見順日記」の少しまえには、ちょっと興味ぶかい記述もあった。

《『風景』七月号の唐木順三の雑文のなかに、深瀬基寛が「孫をもつまでは人生はわからないという説をこのごろ私はふれ歩いている」と書いているということが書いてある。》

翌々年、五十八で亡くなり孫をもつことのなかった高見順は、この説には批判的なコメントだが、先ごろ深瀬の講談社文芸文庫にはいった『日本の砂漠のなかに』を読んで、愛酒家の興味ぶかいエピソードもある深瀬の人柄に魅せられたぼくは、こちらも還暦となり深瀬の説も一理あるという気もした。

三月十四日の朝日新聞の「天声人語」は、冒頭に松本清張の『ゼロの焦点』を引きあいに、駆け出し記者時代に富山で三年半暮らしたとあり、北陸新幹線の東京から富山間が二時間八分となる感慨を記していた。天声人語子は、わが勤務時代の三十余年まえと書いているので、こちらよりすこし若い五十代なかばだろうか。ぼくの富山勤めも初めての転勤で二十代なかばを三年少々暮らした、おもいでの地だった。古い宿屋を借りあげた独身寮で二年、妻帯して息子が生まれた一年ほどの宿舎暮らしをした。四月に生まれた息子は義母には初孫であり、一カ月ほどして秋田から、あれは特急「白鳥」だったろうか、やってきたのは。ちょうど日本海中部地震があり、男鹿半島に遠足に来ていた小学生が津波の犠牲になった話をしたりした。

富山時代は、わが宮仕えでも忘れられない土地なのだった。あのころ、東京の本社に仕事で出張することなどなかったが、一度、本社にある労組の本部へ団体交渉の動員に行ったことがあった。あれは夜行列車で行ったろうか。ひとつ記憶にあるのは、本社にいる知りあいへの土産に鱒ずしを持っていったこと。それよりも鮮やかなのは、まだ独身寮にいたころ、ぶらりと上京した遠い記憶だった。

そのころは隔週の週休二日制だった。金曜の夜、上野行きの福井駅から来る夜行急行「越前」か、金沢駅からの「能登」に富山駅から乗った。切符は東京ミニ周遊券だった。駅構内のキオスクでアルコールを買いこみ、大衆週刊誌『アサヒ芸能』を手にして、連結していた四人掛けの車両の普通席に座した。越中宮崎、市振、親不知とつづく暗い車窓をながめて、アルコールを手にした。『アサヒ芸能』には、詩人の荒川洋治が各地に旅して、フーゾク産業をルポした記事が載っていた。トルコ（かつては、そういう呼称だった）やストリップ（こちらも、いまや少数派に）への旅…。

のちに、『ボクのマンスリー・ショック』という書名で、新潮文庫にはいった。カバーイラストが、つげ義春の手になるもので、昭和六十年十一月二十五日発行（むろん、いまは絶版だろう）、カバー裏には、《詩人の震える感性が、ショックを求めて全国各地、月に一度のマンスリー・ルポ、おのずと足は女性のもとへ。…言葉が弾ける、異色のヒューマン・ルポルタージュ！》

荒川洋治の連載ではなかったと思うが、おそらくその週刊誌の記事だったか、ミニ周遊券の範囲だった北千住に早朝からやっている一軒の店をみつけ、そこへ寄るようになった。まえの赴任地の湖東・彦根での三年目の一九七九年秋、精神の破綻を経ての翌春の富山市への転勤だった。富山の事務所に赴任した年の梅雨のころ抗うつ剤を飲みだして、いくらか躁状態にあった。北千住の店は、割安でむろん若い欲望はどうにか満たして、さらに上京の夜行列車での疲れとアルコールを抜くのに、ちょうどよかった。

そんな上京をしていたが、六月には三鷹の禅林寺に行き桜桃忌にも出たことがあり、太宰研究会の人と知りあったりした。

そのころ、越前三国生まれの荒川氏は川崎市に住んでいて、一度訪ねたことがあった。二階の自室にあげてもらい、氏がつくっている出版社・紫陽社で出していた郷土の詩人・則武三雄《のりたけかずお》の詩集『葱』を買った。

三月の終わりに、大倉山の神戸市立中央図書館で、『還暦以後』という本を借りた。著者は歴史学者の松浦玲。この作者の幕末もの、たぶん前に『勝海舟』や『横井小楠』などを愛読した。『還暦以後』も、十年ほどまえにひも解いていたはずだ。そのときは、自らが五十になるまえで、三冊目の本をつくっている最中に、高田宏著『五十歳、いざ！』という本を読み、年齢に関した本をさがしていて、馴染みの歴史学者の本に出会ったのだった。それから、また十年、こちらが、ほんとうに還暦の齢になった。目次のあとの見返しの裏に、「還暦とは」と説明文がある。

《数えどし六十一の正月は満年齢ではまだ五十九歳だが、元旦からずっと還暦、その年の誕生日に満六十に達する。満六十歳の誕生日に初めて還暦が訪れるのではない。》

こちらは、十一月で満六十歳になるのだが、ことし、二〇一五年の正月から、まさに還暦に突入したというわけだった。

とうとうきたという想い、二十五の歳、ぼくは鯖江の田舎の八幡神社で、男の二十五の厄で餅まきをした。しかし、その年の晩秋にはふるさとの鍵のかかる病棟にはいってしまった、あれから三十五年だった。

中央図書館の山手になる大倉山公園の一画に、神戸在住で出身県の人らでつくっているのだろう、「各県の森」というのがある。福井県の森もあり県の木・松が植えられていて碑には、ぼくと同姓のみょうじの名もあった。公園の通りの端は桜の並木だった。桜の蕾は紅くぼってりと膨らんで、ことしも春が本番の感があった。そういえば大倉山といえば、日本現代史家の松尾さんの最初の便りに、京大人文研に採用されるまえ、京都・岡崎の府立図書館の臨時雇になり、図書館職員の集会で、神戸の中央図書館に出かけた旨、記されていた。

その日、湊川神社から地下街にはいり、こうベメトロセンター街をあるいた。ここにある古本屋はときどき覗くのだが、一年ほどまえに、二〇一二年三月で定期列車の運転が終わった日本海沿岸を走る夜行列車の写真集『さらば「日本海」「きたぐに」―日本海縦貫ラインの列車たち』を買った。明けがたの福井駅から、夜行急行「きたぐに」に乗ったのは、もう数年まえのことだった。

メトロセンター街には、風変わりな卓球台が幾つもある遊戯場などもあり、通りすぎた端っこの壁面に、女学生ふうを画いた漫画の広告があった。わかい女のイラストの吹き出しが、なにげなく目にはいった。

《三十年間、窓際族って、… ある意味、メンタル強すぎやろ》

（「青磁」34号・二〇一五年五月）

定年退職あとさき

去年の秋、尾崎一雄に「退職の願ひ」という短編小説があるのを知り、神戸市の中央図書館で『尾崎一雄全集』第七巻を借りだして読んだ。こちらは、定年退職まで、あと一年にこぎつけたころでもあった。最初、勤めたことなどないだろう私小説家の尾崎一雄が、どうして退職の願いか、という疑いで読みはじめた。いっこうに退職につながるような話は出てこないで、一連の若いころの貧乏話や向う意気のつよかったころの挿話がつづくが、二十歳の春、父に死なれたあと、現在の妻をめとり、長女が生まれてからは長男としての責任感にくわえ、今度は亭主として、また親爺としてすすんで背負う気になった、と記されていた。末尾の六章に、どうやら「退職」の語句を見出した。

《…私は、簡単に云へば二兎を追つてきたわけだ。末娘の付け人たることを辞めていいとなれば、私は私なりに一兎を得たことになる。敢へて二兎を追うて二兎を得ようといふのが、私のひそかな野望であつた。

……雄鶏といふ地位身分から去るの好機である。退職をしたい。小さい頃からさうなるように躾けられたおかげで、長い間無理にも気張つてきたのだが、もはやそんな滑稽にも類する身振りは必要としなくなつた。とにかく私としては一兎を得たのだから。》

一兎は亭主として親爺としての姿勢（雄鶏）であり、もう一兎は年来志す仕事（文学）を指すらしかった。尾崎一雄が、この短編を発表したのは昭和三十九年八月号の『群像』で、作者六十四歳だった。

広辞苑には、尾崎一雄は〈不如意な生活の哀歓をにじませた心境小説を残した〉とあり、片や同じ私小説家の上林暁は、〈一連の病妻物その他の私小説を書く〉と記されているが、このちがいは何なのか、わが定年後の課題である。

十一月十四日が、満六十の誕生日だった。就業規則によると、定年退職はその月の末日になるようだ。十一月三十日の月曜が、その日だった。

実質的に最後の週の二十五日に、総務課から退職に関する説明があり、翌日退職の諸手続きをすませ、その夕は、ＪＲ高槻駅ちかくの居酒屋で部内の送別会があった。宴も果てるころ、退職者への課員の送るコトバがすみ、こちらは課員から贈られた赤いパンツに紅いショーツまで穿かせられ（むろんズボンの上からだが―還暦祝いでもあり）笑い物にされて、のち退職者の挨拶だった。

「昭和五十二年四月、当時のドウロコウダンの名古屋管理局、彦根管理事務所を振り出しに、十一職場で三十八年と八カ月…」。

涙声になるのでは、とおそれるものがあったが、そうはならず、細々とした声ながらもにこやかな声で挨拶をおえた。

ここで想いだしたのは、彦根の事務所での赴任者の歓迎会かなにかだったろう、一幕の場景だった。宴たけなわ、声の高い五十代にはいったくらいの技術の副所長の音頭で、赴任者一同が裸踊りをさせられたのだ。まさにパンツを脱いで、スリッパでまえを隠して、居並ぶ皆のまえで（女子職員も二、三人いた）脚をあげて踊った。隔世の感があった。

三十日の月曜は、いつものように暗いなか朝めしをたべて、ようやく明るくなった六時五十分に北須磨の自宅を出た。

九時半、四つ年下（高専卒）の副支社長から辞令拝受だった。こちら万年ヒラでも、代表取締役社長からの「感謝状」までもらった。たぶんに、永年、〈給料、タダどり〉のようなときもあったのに。

「あなたは多年にわたりよく職務に精励し当社の高速道路事業の推進に大いに貢献されました…」

ふつうの勤め人であれば、定年退職というのは、それほど大騒ぎするほどのことではないのだろう。そういえば、今回たまたま課はとなりだったが、五十五、六で管理職からおりて専任役となった人も、同月で定年退職になった。部内での送別者のもう一人だった。送別会の席上、専任役は五、六歳年下の部長から訊かれて、「別に感慨というものはなく、坦々と歳月が過ぎました」というようなことを話しているのを耳にした。彼は、再雇用で、まだこの仕事を地元の事務所でつづけるせいもあったかもしれない。


定年退職した翌日、師走入りは絶好の日和（冬晴れというには、まだ早いか）で、早朝、北須磨界隈をあるいた。

いまの住所、中落合四丁目から十数分ほどの距離にある五年まえまで住んでいた会社の借りあげ宿舎、息子が一年生の二学期に福知山から転校した西落合小学校、その少し先にあったわが職場の工事事務所、いずれも地名は西落合だった。平成二年（一九九〇）九月、福知山の工事事務所から転勤で北須磨に住むようになって、ちょうど四半世紀すぎたことになる。いま、事務所だった地は、真新しい数十軒ほどの木造住宅街になっている。わずかにおもかげを探せば、事務所の敷地のいちばん南側にあった駐車場のみが、うすれたレーンマークの跡をのこしフェンスで囲まれている。もともと、ここには〈山、海に運ぶ〉の神戸市の開発行政の象徴のようだった、須磨ニュータウン造成のために山を削ってポートアイランドや六甲アイランドに土砂を運んだベルトコンベアの基地があった。それに交差するように地下に山陽新幹線のトンネルが走っていた。それが、ちょうど事務所の敷地にあったのだ。いまでも想いだすのは、赴任して一年ほどして、通院していた精神科で処方してもらった薬が幾らか効いてきたころ、昼すぎ（昼飯は、徒歩数分の自宅へ帰って食べ）になると無性に眠くなり（薬のせいだったろう）、二階建ての事務所の南にある平屋の運転手詰所に行って畳の間で仮眠をしたりした。そのとき、心地よい眠気を妨げる「ゴォーッ」という音が数分ごとくらいに地下から聞こえてきた。

いま、むかしの事務所の駐車場の空き地は、地上権というのだろう、囲まれたフェンスにはＪＲ西の新幹線保線区の標示が付いている。

一九九〇年、二月から二カ月ほど、福知山の工事事務所のつとめに耐えられず、精神科の病棟にはいっていた。丹波地方のおそい八重桜が咲くころ退院したものの、うつ状態がさほど良くなったともおもえなかった夏、九月一日付けの転勤辞令が出た。支社の嘱託医がつとめる病院に通える神戸の事務所だった。

《九月十日（月）　晴れ

きょうは神戸に越してきて初出社の日なり。七時起床。八時に文人は元気に西落合小学校へ登校していった。ひとり息子は一年生だが、順応性の早さにびっくり。もう友だちを三人ほどもつくっている。わたしも息子を見習わなければと思うのだが。

九時出勤。荷物を机のひき出しに入れ、もらった管内図などながめていると、十時に所長から工務課勤務の辞令をもらう。そのあと、Mさんの後について事務所内を挨拶。昼から机に座って、事務所概要その他の書類に目をとおす。

五時半、ようやく一日目がおわる。ふっと、吐息のようなものが漏れる。夕刊に目をとおして六時帰宅。疲れた、つかれたという感じ。妻に「しんどい、しんどい…」という文句を吐きかけると、「また、そんなこと言って、これから毎日、その言葉を聞くのはイヤよ」と切りかえされる。

ふたりで瓶ビール一本の晩酌のあと、風呂にはいると一気に眠気におそわれ、読みたい本も枕もとに置いたまま、九時就寝。

十一日（火） 晴れ

七時起床。朝刊がとれなくて困っている。電話帳もないから新聞販売店がわからないのだ。朝、食欲がないが食パン半切れ、食う。

午前中、大阪建設局へ挨拶に行く。ひさしぶりの局だった。行き帰りの阪神高速は自然渋滞なのだろうが、ところどころで甚だしく車がつまり前に進まなかった。阪神間の大動脈なのだろう。

昼から工務課の打合せ。わたしは、まだ自分の意見もいえず、ただ聞いているだけ。そのあと、きょうも書類をながめているだけ。それでも昨日より五時二十五分の終業チャイムが早く感じた。残業するだけの余力は、まだないが。

六時に帰宅して、晩酌に缶ビール一本飲む。きょうは文人の授業参観だったが、フサの話を聞いていると、こちらの小学校は、福知山にくらべて教育熱心なのか皆の理解が早いらしく、文人はついていくのが精一杯のよう。子どもの世界もたいへんだなと。

夕食後、ワープロで福知山の宿舎の人たちに転居あいさつを二十枚ほど印刷する。きょうは昨日にくらべて、まだなにかする気力がのこっているようだった。九時、名谷駅に夕刊を買いにいき、途中で酒屋に寄り缶ビール購入。送られてきた同人誌「黄色い潜水艦」読みながらビール飲む。そろそろ拙同人誌「山魚狗《やませみ》」に載せる作品の準備にかからねばならない。十一時、眠気にまけて就寝。

十二日（水） 晴れ

六時五十分起床。六時に起きてジョギングをかねて駅まで行き朝刊を買ってくるのを目標にしているが実行できない。朝食後、昨日の日録をワープロでつけているあいだに息子が小学校に出かけていく。八時にＦＭのクラシックを聴きながら本に目をおとすが、出勤まえの慌しい時間は瞬くまに過ぎてしまう。

帰宅して、言うべきでないのだろうが、やはり職場での一日は、「しんどい」という一語が、おもわず出てしまう。妻から、「歯をくいしばって頑張ってみるという態度が、あなたには欠けている」と言われる。なんとなく気がたっている妻と気持が悄気かえっているわたしのあいだで、本読みを強いられている息子と食卓をかこむ。食べおえて朗読する文人の声を聞きながら、苦い味のビールを飲んでいるわたし、食器を洗っている妻。

十四日（金） 曇り

今日も出社まえの気持重たし。しかし、今日一日行けば連休で幾らか気分が安らぐ気がして玄関のドアを閉めた。一日、中国自動車道の残件箇所の調査で現場に行く。昨日までの暑さがうそのようで小雨も降り秋の気配が濃厚にただよった。現場をあるくのは好きなのだが、身体の芯のなかが疲れているようで三人についていくのが精一杯だった。六時に事務所に帰ると、即座に家路についた。

わたしにとって一週間で一番落ちつける金曜の夜。FMを聴きながら気のきいた小説の一編を読んで酒を飲もうと思っていたのに、昼のしごとで疲れてしまい十時まえに布団にはいる。

十五日（土）　曇りのち雨

七時半起床。朝食後、三人で自転車に乗り、あてずっぽうに南西の方角に走る。行きは坂道を下ることが多く、帰りのことを考えてきりのいいところで方向転換をし、名谷駅の方にむかう。曇り空ながら背中に汗をじっとりとにじませた。

大相撲をみながら早めの夕食をして、まだこちらに来て街に出ていないので夜の三宮界隈をあるいてみることにした。地下鉄で二百五十円、二十分ほどで三宮駅に着く。ぶらぶらとネオンをみながら路地をあるいていると、このあいだまで住んでいた福知山の前、長岡京のころ、四条河原町をぶらついたことを想いだすのだった。あの頃は、まだ心身に張りがあって路地のちいさな飲み屋で一杯ひっかけたりしたものだった。八時半、街をあとにする。帰りの車中、寺島珠雄さんの詩集『神戸備忘記』をひも解きながら、あと何年の神戸暮らしになるだろうか、「私の神戸」なるエッセイでも物せたらなとおもう。

十七日（月）　雨

七時起床。土曜から朝日新聞の契約をしたので朝刊が玄関先にはいるようになった。月曜の朝はいつもにもましてしんどい。気分の沈みこみが、ちょっときついのだ。

小雨のなか、午前中から中国道の現地調査に出むく。現場では時間が経つのが早く、うじうじ考えることもなく精神的に楽だ。三時半、現場から帰ると地元から苦情の電話がかかっていて、応援の四人とまた現場にあと戻りする。高速道路の路面の水が民家まで流れこんでいるという。取りあえず土嚢をつくって応急処置をして帰ってきた。

八時帰宅し、秋田の酒・太平山を熱燗で一合。あすは、尼崎の関西労災病院へK先生の外来にいくので、一日の夏休をとった。そのせいか今晩は気分が落ちついてワープロの手紙を打ったりする元気があった。十二時就寝。

十八日（火）　曇り

七時起床。九時に家を出て、関西労災病院に着いたのは十時だった。ものすごい外来患者の数に吃驚。やはり総合病院だなと感嘆しきり。精神科の外来でK先生から呼ばれたのは十一時半ごろ。福知山の紅葉ケ丘病院のS先生の紹介状を読みながら、カルテに何やら書きこまれている。そのあと目を光源のあるレンズのようなもので見たり、膝を叩いてみたりして先生は言った。「まだまだ、本調子ではないですね」と。いままでと二、三ちがう薬を調合してもらい、一時半病院をあとにした。

二十日（木）　晴れ

いつものように九時に事務所に着き、さっそく現場に出る。中国道拡幅の法面排水処理のずさんな箇所の対策を考えながら昼まで過ごす。あるきながら時々考える。わたしの病は何なのか。こうやってあるいているときがいちばん時の流れに逆らわずに過ごせて気持が楽なのだ。かといって、現場での話が（土木屋として）よくは理解できないのだ。土木屋失格というおもいが喉もとまでこみあげてくる。しかし机上でわかりもしない書類をながめていても、気持の苛立ちを胸にひそめているだけだ。けっきょく仕事とは何なのか、わからなくなっている今の自分なのだ。

夕方、事務所で一杯やる。適量の酒を飲んだとおもった七時ごろ、酒席をぬけて帰宅。

二十五日（火）　曇り

けさの出社のときの気持の揺れぐあい、まだ神戸にきてから二週間しかならないのに困ったものだと自らあたまを抱える。なんども福知山であじわった出社拒否に似た状態なのだ。息子は八時十分に登校していく。大きなランドセルを背負って出かけるのを見送っていると、小さな背中が「親父、だらしないぞ」と言っているようにおもえた。

二十六日（水）

今日も午前中から現場。五時半、事務所に帰る。なんとなく心身の具合わるし。非常に喉の渇きをおぼえる。これは薬の副作用だろうか。六時帰宅。

三十日（日）　晴れ

明けがたから風がつよまり台風の接近しているのが、寝ぼけ眼ながらもわかった。八時すぎ起きたころには、風は弱まり台風は遠ざかったようだった。月曜に土曜の代休を取ったから二連休でうれしいはずなのに、起きるとあたまの片隅に異物があるような感覚で状態は思わしくなかった。

昼すぎ、重いあたまながら三人でダイエーに買物に行く。パティオの本屋で『翔ぶが如く・九』買う。晩酌にビール一本。風呂のあと寝転がって文庫を読むうちまどろみ、その

まま布団に。》

二〇〇五年秋、勤め先の組織の民営化ということがあり、滋賀の事務所への初めての単身赴任（毎週、北須磨の自宅へ帰ったが）の二年を経て、古巣の大阪・堂島の支社（もう、窓際族というコトバは死語のごとくだった）に転勤になった。一年して支社は堂島から茨木に移転した。

茨木通勤が三年目の二〇一〇年春、支社の嘱託医のK先生のいる医務室に行った。毎週、水曜の午前中に先生は支社にみえるのだが、支社勤め以来、三カ月に一度ほど尋ねていた。民営化の翌春、退職願望が高じて、北浜で開業している先生の精神科クリニックを尋ねて自宅療養の診断書を一度書いてもらったが、その後は、ただ世間話などしに行っていた。そのとき、「少しずつ外堀も埋めてきて、もう辞めてもいいのでは…」とこちらが言うと、先生は即座に、「いやいや、入るものがはいらなくなると、土砂が底にたまったダムが涸れるように…、まだまだ…」とおっしゃった。

去年（二〇一四年）八月、医務室にK先生を尋ね、この春に生まれた孫娘の話などして、「もう、そろそろ…」と言うと、先生は「そうですか、書きものに本腰を…」とおっしゃり、「ミワさんもすっかり抜けましたなァ！」とひと言。前後して、医務室に行ったとき、大阪のある医学雑誌に年に一度、書いているというエッセイ欄の校正刷を示され、おかしいとこないかみてほしいと頼まれたりした。だいたい、先生には同人雑誌の類のほとんどを渡していた。

十一月二十五日の水曜、総務課から定年退職の説明を受けたあと、その足で医務室を尋ねた。来春で会社の嘱託医をおえるというK先生の最後の一言。

「そうですか、ミワさん、何年つとめた！」

（「黄色い潜水鑑」63号・二〇一六年一月）

II

ぶらり阿佐ケ谷まで

枚方市牧野

この（二〇一四年）七月二十日に、舞鶴若狭自動車道の小浜ＩＣから敦賀ＪＣＴ間が開通し、北陸自動車道とつながる。六月初旬、親戚の葬儀で神戸から帰省するおり、ＪＲ三ノ宮から乗った新快速電車が、終着駅のアナウンスをつたえると、笙の川と国道八号を高架するランドマークともなる最大支間長が百六十メートルの敦賀衣掛大橋が、車窓越しに眺められた。おもえば、一九七七年の春、初任地の名神高速道路を維持管理する彦根の事務所に着任したころ、県内の高速の路線には、舞鶴若狭自動車道など影すらもなかった。

小松ＩＣから南へ伸びていた北陸自動車道も武生ＩＣまでだった。その年の冬、山塊をつらぬくトンネルの多い今庄ＩＣから敦賀ＩＣ間は一期線の対面通行で開通した。名神と接続する米原ＪＣＴから敦賀ＩＣ間は、いまだ建設途上にあった。

あれから三十七年の時がすぎていた。

ことしも梅雨時期となり、しばらくして神戸・元町の一つ浜側になる栄町通りにある街路樹の泰山木《たいさんぼく》の白い花が咲いた。同じころ、枚方市駅前の貸しビルに入居していた新名神・大阪東事務所が、枚方市牧野にプレハブながらも新築した事務所に移転した。この牧野という地は、ぼくになつかしい響きで、きこえてくるものがある。この事務所が担当するのは、現名神と接続する高槻ＪＣＴから淀川をわたり八幡ＪＣＴまでの大阪府下の新名神高速道路の建設となっている。淀川右岸側にひろがる高槻市・鵜殿のヨシ原は、雅楽で使われる篳篥《ひちりき》のリードに用いる良質のヨシの生育地であり、この上を新名神が架橋することになり、環境保全が課題となっている。ちなみにいえば、この区間は多大な建設費がかかることもあり、道路関係四公団民営化の際、猪瀬直樹委員らにより凍結された区間だった。

一部の無料化実験などもあり民主党政権下の揺れる高速道路行政だったが、二年前（二〇一二年）の春、東日本大震災のおり高速道路の必要性が見直され、リダンダンシー（多重性）の見地などから、新名神のこの区間の凍結が解除された。たまたま、この区間を担当する部署の一員であったため、初夏の半日、建設予定の現場を歩いたことがあった。枚方市の北部、京都府境から歩きだし、京阪の牧野駅から樟葉《くずは》駅のあいだを淀川の土手にあがると、左岸沿いの河川敷にゴルフ場が広がっていた。車で迂回して淀川の右岸側に出て、堤防道路を歩くと堤内地には広大な鵜殿のヨシ原が望まれた。堤防をおりて現名神との接続になるジャンクション予定地まで行く途中の上牧という集落に本澄寺という寺の案内があった。

そのとき、とおい記憶がよみがえった。まだ阪急京都線の長岡天神駅ちかくに住んでいた一九八〇年代末のころだった。ある日、阪急の上牧駅ちかくに三好達治ゆかりの寺があると知り訪ねたのだった。三好の親友だった仏文学者の桑原武夫が亡くなったころで、詩人の実弟だという住職が三好達治記念館を案内してくれた。詩人の遺品のほか、桑原武夫の便りなども展示してあった。

杉山平一・自筆年譜（『杉山平一全詩集・下』一九九七年・編集工房ノア、所収）によると、こう記されている。

《昭和五十一年（一九七六年）　六十二歳
四月三日、高槻上牧本澄寺にて三好達治十三回忌。桑原武夫、吉川幸次郎、生島遼一、吉村正一郎氏と話す。
昭和六十三年（一九八八年）　七十四歳
四月十二日、桑原武夫氏葬儀参列、石原八束、三好龍紳氏と会う。》
淀川・鵜殿のヨシ原のことを知ったのは、もう三十年ほどむかしのことになる。大和郡山市で二〇一〇年に亡くなった私小説の作家・川崎彰彦に、『夜がらすの記』という珠玉の連作短編集がある。四作目「春は名のみの…」をすこし読みすすめると、こうある。
《…きょうは淀川の葦焼きの日だったな。二年前のきょうは、揚雲雀を聞きつけた、とある短文に書いたので憶えているが、もうだいぶ暖かだった。…》
中ほどには、枚方のビアレストランに入り、
《一時半か。そろそろ鵜殿の葦原に火が放たれる時刻だと思ったが、明後日出席することになっている神戸の読書会が気がかりだったので、テキストの武田泰淳『「愛」のかたち』を読みつぎ始めた。…》
そのあと二時間ほどビアレストランで読書して、自分の町（牧野）に帰ったとあり、こ

う記されている。

《駅に降り立って、淀川の方角をみるが、煙はあがっていない。もう終わってしまったんだな。でも、焼け跡だけなりと見て帰ろう。淀川へと注ぐ穂谷川の土手道を河川敷ゴルフ場のほうへ歩いて行った。（中略）／対岸は一望くろぐろとした焼け跡で、まだところどころ白い煙があがっている。見る者の心に沁みついてくるようなルビー色の火のかがやきも二、三カ所。人影が、けし粒ほどに小さくみえる。堤防上に見物人はもういない。白い礫のような鳥の群れが、一瞬ごとに変形する不思議な軟体動物のような編隊を組んで、下流へと渡ってゆく。》

一九八四年、春『新日本文学』の広告で、きいたこともなかった大阪の出版社・編集工房ノアから『夜がらすの記』という本が出たと知ったのは、大阪・八尾に居住して一年ほどしてだった。

それは出逢うべくして出逢った本ともいうべきだった。三作目「『芙蓉荘』の自宅校正者」には、中野重治の訃報を詩人の宮島朱雄から電話できくくだりがある。

《―いや、入院してたらしいけど…。酒を飲みながら野球放送をぼんやり聞いていたらアナウンサーが突然「中野重治」って言ったんで、とっさに、あ、死んだな、と思いま

した。／…／―うーん、日本のマルクス主義者のなかでは一番ましなひとだったのにな
あ…。／…／あすあたり《すもも》で二人だけのお通夜をしましょう。》
梅雨の時期だった。その本を一気に読みおえると、いたたまれず作者に会いたくなり、
大阪・谷町の酒場を訪ねた。淀川・鵜殿の葦焼きを鮮やかに描いた作家は枚方・牧野の学
生アパートに独居していて、ほどなくその町の居酒屋へも訪ねていった。
それからしばらくして、大阪文学学校の機関誌になる月刊誌『樹林』に、中野重治批判
ともいうべき評論「著者うしろがきの謎―中野重治ノート1」が載った。読みすすめると、
中野のことを指すらしい〈一将功なって万骨枯る、…〉という表現があった。ちょうどそ
の時、めったにない東京・八王子での維持管理の研修がはいり上京した。週日の研修のお
わる前夜、くつろいで研修所の夕刊をながめていると、横のテレビから特徴のある聞きお
ぼえの声がきこえた。画面に目をやると、矍鑠として老婆役を演じている女優の原泉、中
野政野だった。
八王子からの帰途、世田谷桜の中野家をふたたび訪ねた。一度目は、一九八〇年八月二
十四日、中野重治の一周忌の日だった。前年、晩秋の精神破綻で一カ月の精神病棟への入
院のあと、四月に初めての転勤で近江・湖東から越中・富山に引っ越した。しばらくして

婦中町の精神科に行き、服用した抗うつ剤がよく効いたせいもあり、ふたたびのアルコールの力もかりて、破れかぶれのような躁状態にもあった。夜行で上野に着いて、世田谷の探しあてた中野家には水上勉や著名な文芸評論家の顔がみえた。ひろい板張りの部屋で、原さんはビールを出してくれたが、そそくさと飲んで早々に中野家を辞した。

数年した二度目のその日は梅雨時期で、原さんから庭の木の花を切ってほしい、と頼まれて平屋の屋根にあがった。恐るおそる剪定バサミで、見知らぬタイサンボクという大きな白い花をいくつか切った。そのあと、年に数えるほどしか来ないという植木屋が来て、もうすこし早ければ、ひとしごとできなかったところで、原さんが出してくれた空豆をあてにビールを堪能したのだった。そのとき、原さんに大阪の『樹林』の話をすると、すでにご存じで、早稲田のさる大学教授が反駁文を用意されているはずだと、話された。

帰阪して、中野家の屋根にあがり、タイサンボクの花を切った話を、『夜がらすの記』の作者行きつけの谷町の酒場《すもも》で、飲みながら川崎さんに話すと、そのはなしを是非書いてほしいと、その場でたのまれた。

そのころ三十代になっていたが、躁うつからくるのだろう、またもや出社拒否症にちかい状態になったりして二年ほどもかかり、どうにか書きあげて、川崎さんが主宰していた

同人誌の招待エッセイ欄〈風の神の琴〉に載せてもらった。(『黄色い潜水艦』十号・一九八八年十一月発行)

茗荷谷にて

去年(二〇一三年)の暮れ、〈中野重治の研究と講演の会〉で、九年ぶりに上京した。

わが勤め先が、二〇〇五年に分割民営化されることになり、前年に民営化研修なるものが順次、職員全員に果たされた。新入職員研修をうけ、一九八五年に維持管理研修をうけた八王子にあった研修所は、千葉・幕張に変わっていた。長年の落ちこぼれ職員と化していて、むろんあれから研修などに縁はなく、研修所などはとおい存在だった。民営化がなければ、行く機会もなかったはずの千葉・幕張だった。最初で最後の幕張の研修所行きは、二〇〇四年の初秋だった。去年の上京は、分割民営化を経て、どうにかこうにか生きのびた歳月、八年を想ってでもあった。

十一月に中野重治の会から届いたパンフレットに、講演「三十五年振りで再読する『藝術に関する走り書的覚え書』」(坪内祐三)とあり、即決した。場所は、文京区大塚の跡見学園女子大学2号館だった。

いぜん、明治学院大学で満田郁夫さんが事務局長だった中野重治の会には、二度出た。最初は一九九九年の歿後二十年の会で、当時、ぼくの勤めは播州・姫路だった。いまだ、うだうだとした日暮らしだったが、週日、白鷺城を眺めてどうにか、すまじき宮仕えをこなしていた。このとき、中野の会の代表は菊池章一さんで、いちど大阪での「新日本文学」の会で、お会いしたこともあり懇親会の席であいさつすると、にこやかに話しかけてくれた。ぼくのまばらにはえた口髭をみてか、「きみはアリスの、…ベーヤンに似ているね」と。息子がミュージシャンの荒木一郎だから、あの世界は詳しいのかなどと、想起したりした。会のはじまるまえ、かつての初任地、彦根寮の先輩Nさんとひさしぶりに再会し、神保町の古本屋を歩いた。わが二十代の前半、八歳年上だったNさんとのなつかしい日々の寮暮らし、一九七〇年代末のむかしを想ったりした。週末になると国鉄・彦根駅から電車で京都に来て、ふたりで京都の河原町通りや寺町通りなどの古本屋をぶらついて、祇園の場外馬券売場に行き、そのあと裏寺町で一杯、ときに馬券をとれば、木屋町の怪しげな店にはいったりして…。

二度目が、大阪・堂島勤めとなって二年すぎた、二〇〇二年の晩秋のころだった。この日は東京駅で落ちあったNさんも一緒に中野の会に出て、にぎやかな懇親会がすんで、浦和市のNさんの自宅に泊めてもらった。

翌年は、場所が茗荷谷の跡見学園女子大学と変わり、懇親会がおわると、あたふたと東京駅八重洲口から大阪行きの高速バスに乗った。中途半端な酔いでの深夜長距離バスは、そうとう疲れたせいもあり、もうコリゴリといった気持で帰阪したのだった。その後、勤め先が分割民営化するながれのなかで、中野の会からは遠ざかっていた。

ひさしぶりの上京ときめてから、新幹線で安く行く手はないかと調べると、JR東海ツアーの新幹線往復切符（一泊付き）のこだま号なら、正規の新幹線往復代ほどで行けるとわかり、インターネットで申し込んだのだ。

十年ぶりになる東京メトロの茗荷谷駅は、ほとんど覚えがなかった。跡見学園3号館の大学門で待っていたらしいNさんとようやく連絡がつき、定時ちょうどに、歿後三十四年の会場の2号館にふたりではいった。

林淑美さんの石川近代文学館での「中野重治　肉筆原稿に見る〈文学者〉として生きた生涯」の報告のあと、いつも、〈中野重治を語る会—金沢〉の案内を送ってもらう小林弘子さんの研究「『広重』再読—弱い者への包容」があった。金沢から駆けつけたという小林さんの真摯な中野読みが、聴く者につたわってくる発表は好感がもてるものだった。

坪内祐三さんの講演は、二年前の秋、大阪・茨木での富士正晴記念館のとき以来だった。講演の題が、三十五年振りで再読する『藝術に関する走り書的覚え書』、と知ったとき、あの岩波文庫だな、と納得するものがあった。彦根の銀座街にあった太田書店で買った岩波文庫の『藝術に関する走り書的覚え書』だった。奥付は、一九七八年十一月十六日・第一刷発行とあり、焦げたようなハトロン紙がついていて、やぶれかけた書店のカバーに、ぼくが筆で書いた書名がある。

三十五年まえ、早稲田の学生だった坪内さんも、この岩波文庫を手にしたのだ。中野の会に出ると決めてから、書棚から運よくみつかった文庫だったが、再読してもじつのところ、序の「我々は絶対に前進しなければならない」「芸術の役目は何か」を読みすすめても、内容はよくわからなかった。付録の「芥川氏のことなど」や「素樸ということ」あたりは興味ぶかく読めるが、本文の表題作なども…。あのころ、書名の〈…走り書的覚え書〉の字づらに、わけがわからなくても、あるかっこよさを感じていたのだろう。

坪内さんは講演で、『藝術に関する走り書的覚え書』のなかみにはあまりふれなかったが、予想どおりハトロン紙のかかっている、☆三つの岩波文庫を手にして話しだした。一九七八年発刊当時の岩波文庫の状況（そのころまで星印がついていたこと）、そのころを境にして岩波文庫もかわったと。その年の江藤淳と本多秋五の無条件降伏論争についてもふれた。ぼくの記憶にあるのは、論争は毎日新聞紙上などで交わされたはずで、彦根の独身寮でとっていた新聞を切りぬいて自室の壁にはっていたことだった。ただ、坪内さんにいわせれば、あれは戦後文学に危機を感じていた両者が、おなじことをちがう土俵で戦わせていたというようなことらしかった。その年の筑摩書房の倒産については、ちょくせつ坪内さんの父親がかかわったらしく、身近な思い出として語った。ぼくにも筑摩の倒産のころの思い出があった。個人全集のパンフかなにかを取りよせ、筑摩の営業部だかの、事務の女性にじかに電話して『梶井基次郎全集』を買ったりした。坪内さんの話は、ことし亡くなった二人の文芸評論家のことにもふれた。かつての群像新人文学賞（評論部門）受賞の秋山駿と松原新一のことだった。かたや芸術院会員、こなた文壇からはなれて…。

坪内さんが松原新一に言及したとき、『黄色い潜水艦・川崎彰彦追悼号』に載った松原新一の追悼文「二つの『リャンリャン』」を想起した。

坪内さんの著書『文藝綺譚』（二〇一二年・扶桑社）の第十夜「川崎彰彦のこと」では、拙著『泰山木の花』の川崎さんの解説「途中下車の精神—…」にふれてもいる。

《わが年少の友・…と初めて会ったのは、三輪君によると一九八四年六月、三輪君二十八の年だという。ぼくは五十一歳だった計算になる。ズボラなぼくとちがって日記をつける習慣をもつ彼のことだから、まず間違いなかろう。とすると、ある公団に勤める三輪君が彦根を振り出しに富山、大阪と任地を変え、八尾に在住していたころ。ぼくの行きつけの大阪谷町の酒場であった。》

ありがたいことに、なにやら、精神のリレーのような縁を感じるのだった。

講演のなかで中野重治とのかかわりとして、世田谷区の中野家と坪内さんの生家がわりと近かったとふれ、もよりの地に、大蔵ランドというのがあり大蔵映画とかの話になった。そのことをきいて、二度、中野家を訪ねたおり、たしか渋谷から乗ったバスで大蔵ランドというバス停で下りたという記憶がよみがえった。たぶん、中野家に電話をしたおり、お手伝いさんだったろうか、そのバス停を教えてくれたのだった。

跡見学園の学内での懇親会に、講演をした坪内さんも、しばらくつきあってくれた。早稲田で教えたこともある坪内さんは、亡くなった早稲田の国文学会の主のような先生にもふれた。そのことは、すでに活字にしていたはずだ。

十年まえの懇親会とは、だいぶ人がすくないなと思いながらビールを飲んでいると、順ぐりにマイクがまわってきた。となりの早稲田の大学の先生だったという小がらな老人が、かなり長ったらしい話をはじめた。なかみはよくわからなかったが、スギノ・ヨウキチという名に、言い知れぬ興味をおぼえて、こんどは冷酒のグラスを傾けていた。おわったあと、ぼくの番になった。酔ってきた勢いもあり、むかし、中野家で原さんから、〈一将功なって万骨枯る〉へ反駁文を用意していたという早大の教授のことを聞いた話、そのとき原さんに仰せつかって、中野家の平屋の屋根にのぼってタイサンボクの花を切ったことなど、昔ばなしを、ぼそぼそとしゃべったのだった。

そのあと、原さんの娘、ということはむろん中野重治の一子になる鰀目《えのめ》卯女《うめ》さんが、「あら、うちにはタイサンボクの花などみたことなかったけど、そんな木なかったわよ」と、おっしゃったのだ。

しばらく、あぜんとしてコトバもなかったが、あのころの原泉に似てきた卯女さんのほうを見ながら、笑みがこぼれないでもなかった。もう十年もまえだが、中野重治の屋敷なども変わってしまった、あるいはなくなったときいたような…、あれは、金沢の中野の会でだったたか。

懇親会がおわり、Nさんと新宿に出た。

富山時代だろう、一度はいったことのあった紀伊國屋の裏にあるはずのジャズ喫茶「ピットイン」をさがしたがわからなかった。むかしの彦根のころ、ふたりで京都、木屋町のジャズ喫茶「鳥類図鑑」で長時間ねばったことなど想いだしながら、靖国通り沿いにあったジャズ喫茶「DUG」にはいって、ウイスキーを飲んだ。しだいに酔ってくると、あの泰山木の花を切ったことも、ほんとうのはなしだったろうか、と記憶がおぼろになってくるのだった。その夜、埼京線で家に帰るNさんと新宿駅でわかれた。

阿佐ケ谷まで

翌朝、素泊まりの銀座キャピタルホテルを出て、すこしぶらつくと、奇妙な建物がみえた。正門からはいってみると築地本願寺だった。浄土真宗の寺にはおもえないような斬新な御堂だった。しかし、神戸の元町の山側にある本願寺別院もモダンな建物だったから、ふしぎともいえないかもしれない。ここは、あの建築家・伊東忠太の意匠になる古代インドの仏教様式だという。

境内を出て、すぐの交差点の通りは晴海通りとあり、築地市場にちかいとわかった。手にしていた小沢信男著『東京骨灰紀行』（二〇一二年・ちくま文庫）をひらくと、「つくづく築地」という章があり、地図がついていて、すぐのところに築地場外市場があるようだった。路地にはいると、マグロなどならべた魚介類の店をそぞろ歩きする人がふえてきていた。ころあいの店がみつかり、朝めしに、むろんアルコールは自重して海鮮丼に舌づつみを打った。小沢さんによると、この場外市場あたりは、大正大震災のころまで本願寺の境内だったらしく地下を掘ると、ざくざくとお骨が出るところもあるとか。土葬の墓所跡に当たるのだという。

腹ごなしに晴海通りから歩きだし、銀座四丁目のことし新装なった歌舞伎座を眺めて、三越のかどから中央通りにはいった。べつにあてなどない〈街あるき〉だった。京橋三丁目から鍛冶橋通りに出て外堀通りをまがってすこし行くと、八重洲ブックセンターがあった。たしか、彦根時代に、なにかで上京したとき初めてはいったはずだ。

東京駅から中央線・快速に乗り、昼まえ阿佐ケ谷駅に下りた。何年ぶりになるか、神戸震災の一年まえの冬ではなかったか。出張で神奈川・町田にきて、翌日に出てきたのだった。東京でもめずらしく雪のふりつけるような日和で、阿佐ケ谷駅うらの居酒屋で昼から一杯飲んで帰ろうとして、ふと上林暁のことが浮かんだ。そのころ集中して読んでいたのが、大倉山の中央図書館から借りだしていた筑摩書房の『上林暁全集』だった。戦後まもなく脳病院で夫人を亡くした上林暁は、阿佐ケ谷あたりの酒場で泥酔していたと読んだばかりで、なにげなく電話ボックスの電話帳を開いてみた。上林ではなく、本名の〈徳廣〉でページをしらべると、なんと〈巌城〉と、もう十四年もまえに亡くなった作家の名があった。探しだした天沼一丁目の小さな家の門には、〈徳広巌城・上林暁〉という表札がかかっていた。躊躇しながらも、門のブザーを押すと、妹さんの睦子さんが出てきた。甘酒をごちそうになり、兄の上林のことを、いまでも生きているかのように話す睦子さんだった。それから二十年ほどが経っていた。

はじめて阿佐ケ谷駅に下りたのは一九八一年の夏だったが、歳月は記憶をあやふやにしていた。東京メトロが阿佐ケ谷駅のホームに乗りいれる、というのなどからして見当がちがっていた。駅頭も、あまり見覚えのないものだった。それでも阿佐ケ谷南へのパールセンター街のアーケードを通ると、記憶の彼方からよみがえるものがあった。すこし歩くと右側の商店街に、ねじめ民芸店というのがみえた。あのころもあった。

中野重治の亡くなった年の冬、彦根の行きつけの本屋で全頁、中野重治追悼という雑誌『新日本文学』十二月号を目にして買った。翌年、転勤で富山にうつって、その夏、『歴程』という詩誌が、軽井沢で詩のセミナーというのをすると知り参加した。歴程は草野心平が中心の詩人のグループだった。『新潮』に載った草野心平の中野を悼む一文、「お前は歌え／お前は赤ままの花や…歌え／風のささやき女の髪の毛の匂いを歌え」を想いだし、セミナーに出たのだった。草野心平には会えなかったが、酔っぱらいの女詩人と出会った。

翌年の夏は、新日本文学会（新日文）が、伊豆大島で夏の海のセミナーを開催するのを購読しはじめた同誌で知った。富山駅から夜行急行に乗り東京に着いて、竹芝（東京港）から伊豆諸島行きの汽船に乗った。

はじめて太平洋の海で泳いだ。夜は伊豆大島の民宿で、文学談義を肴に酒盛りだった。鎌倉から講師としてきていた作家の吉川良と隣りあわせ、『その涙ながらの日』を読んでいたこともあり、気さくな人がらに惹かれたりした。

二泊三日のセミナーが終わって、元町港から熱海行きの汽船に乗った。名残惜しいものがあり、デッキで遠ざかる大島と暮れなずむ海上を眺めていた。新日文の海のセミナーで一緒だった二人の女性も横にいて風に吹かれた。

その晩おそく、中央線・阿佐ケ谷駅に下車していた。大島からの船と熱海からの新幹線で一緒だった女がいた。阿佐ケ谷駅からほど近くの木造アパートに女は住んでいた。

晩夏から、夜行急行を上野で下車し山手線、中央線を乗りついで、頻繁な阿佐ケ谷通いが始まった。

《「阿佐ケ谷からの便り」

あなたの声が聞きたいとおもっていた矢先、電話が鳴った。ジリー、ジリー、かわいらしい音が部屋中に響いた。あなたからだとおもった。時計の針は九時ちょうど。「はい、…です」などと気どってみる。まぎれもなく、あなたの声だった。わたしはうれしくなった。いまのわたしたちにとって、電話での声の交換がなによりも心の大きな支えになっている。ありふれた会話のなかに、わたしはある新鮮さと安らぎを感じる。あなたを束縛しているわけではないのですが、どうしてもその日の予定を聞いてみたくもなる。

〝寮に帰って食事する。それから…〟わたしは寮にたどりつくまでのあなたを想像する。そして寮のなかの迷路とでもいうべき廊下をおもい浮かべる。あなたは、どういう格好で食事をとるのだろうか、などといらぬことまで考え想像してしまうわたしなのです。

〝好意〟には、ほとんど情を感じないが、〝愛〟ということになると、その人のすべてを知りたいとおもうようになる。どんな生活をし、何を考えているのか具体的なことまで知りたくなる。そして、すべてを知りつくせないところで、ある時は嫉妬をする。嫉妬ではない、あなたに関しては、かわいらしい情となって、あなたを愛せる、そんな気がする。

受話器を手にしているわたしは、自分でいうのもおかしいのですが、本当に子供のようだ。たしかに、あなたに甘えている。その甘えを、あなたがどう受けとってくれるのか、わたしにはわからないが、こんな甘え方は、一生のうちで何人に示し、受けいれてもらえるのだろうか…。

人との出会いをたいせつにしよう。そして、それがどんなかたちにせよ、素直な気持をもちつづける心情こそ、生きていくうえでたいせつなことではないでしょうか。

あなたとの出会いは神様がしむけてくれたもの…などと書いたら、あなたに軽蔑されそうですが、そのことに感謝している、その何ものかに…（これは冗談です）。

とにかくいくら自然のなりゆきにしろ、こうしてあなたと親しく愛を語りあうほどに進展したことに生きている証し、旅をしている証しを感じる。あなたの思いやりがいつまでも持続してほしい。愛が憎しみに変わることのないように、私はそれだけを願っています。

〝吉原幸子朗読会〟まで、あとひと頑張り…。かげながら応援しています。頑張ってください。》

その年の秋、詩人・吉原幸子の朗読会が富山市であった。前年（一九八〇）の夏、軽井沢で参加した詩誌『歴程』の詩のセミナーでの出会いが縁になったものだった。吉原さんも亡くなって十年以上の時が経つ。

この日、阿佐ケ谷南三丁目の路地をぶらついたあと、阿佐ケ谷北の飲み屋の多い界隈で、あのころ何度かはいった漫画家の永島慎二が行きつけだったたというジャズ喫茶をさがしたが、みつからなかった。天沼の上林暁旧居あたりもぶらついてみたかったが、帰りの新幹線こだま号の割安切符の指定時間が気になり、阿佐ケ谷駅へと踵をかえした。

殁後三十四年の中野重治の会から帰神して、暮れも押しせまったころ、大倉山の神戸中央図書館で山本健吉著『十二の肖像画』（昭和三十八年第一刷発行・講談社）を借りた。本誌（「青磁」）三十二号に載った定道明さんの「口惜しい別れ―松原新一を送る」を読むと、二年まえの丸岡での〈くちなし忌〉で講師の松原さんが配られたプリントに、山本健吉の「中野重治」の章（『十二の肖像画』所収）からの長い引用があった、と記されていた。そここにぼくはいたのだが、そのプリントのことは、まったく失念していた。そのころ、定さんがふれていた松原新一の最後の評論「山本健吉論」が載った雑誌『すとろんぼり』が手にはいり読了した。ふたりの文芸評論家、山本健吉と平野謙の松原ふうの見立てが興味ぶかかった。マルクス主義体験のことはむろん重要だろうが、短詩型文学や古典文学に耽溺した山本に、かたや俳句短歌もふくめ古典文学にはほぼ無関心を通したという平野謙。そうして、気になっていた『十二の肖像画』をひも解いたのだった。

本書には、正宗白鳥からはじまって佐藤春夫でおわる十二人の作家を、著者自らが自宅訪問し、その印象をふくめながら記された作家論となっている。なかほどに、高見順、中野重治、上林暁と同時代を生きた、きわめて興味ぶかい作家がはさまっている。さて、中野重治の項である。世田谷住まいの中野重治を訪れた印象記に、こうある。

《中野邸は客間兼用の居間を洋式にし、それより一段高く畳敷の座敷をつくり、二間ぶっ通しに使ってゐるが、同様の例を、私は高見邸でも…。居間からすぐヴェランダへ出て、二六〇坪の庭を見渡すことができる。雑然と草木が植ゑてあり、中野氏はことにクチナシの木をたくさん植ゑてゐて、…。》

そうなのだ、あの原さんからタイサンボクの花を切ってほしいと仰せつかってひとしごとしたあと、ビールを飲ませてもらった部屋は、客間兼用の居間を洋式にしたふうだった。ひとしごとしたのは、居間からベランダに出て、庭におりて梯子でのぼった平屋の屋根のうえだった。かなり長い剪定バサミをのばして、白い大きなタイサンボクの花を切ったのだから樹高は四、五メートルはあったのではなかったか。

中野重治年譜によると、娘の卯女さんは、一九六六（昭和四十一）年四月、鰀目信三と結婚とある。山本健吉の一文には、庭にはクチナシの木をたくさん植えて、とありタイサンボクについてはふれていなかった。卯女さんの結婚後に、中野重治がタイサンボクの木を植えたとすると、ぼくが、中野さん歿後の数年して訪れたとき、ほぼ二十年ほどの歳月が経ち、樹高数メートルになってもおかしくはないかもしれない。

（「青磁」33号「ぶらり東京ひとり旅」改題・二〇一四年八月）

鯖江市文化の館にて

探していた本がみつからず、手前の書棚から出てきたのは宇野重吉著『新劇・愉し哀し』（理論社）だった。たしか、神戸・新開地のときどきのぞく古書店で買ったはずだ。巻頭数ページに宇野の舞台写真があり、ページを繰ると、「弱平おぼえ書」という一文に、《入隊したのは鯖江の連隊である。》という箇所があった。

いまの福井市の南、鯖江市に接する在に生まれた宇野重吉が、鯖江の連隊に入ったのは自然なことなのだろう。わが生地には、明治の中ごろ鯖江三十六連隊ができて、戦中までの町の発展のもとになったようだ。

五月二十三日の土曜、シンポジウム「安政の大獄の真実—幕末史における再評価」の一日目がすみ、鯖江市文化の館（市立図書館）を出た。北国街道のおもかげがのこる旧道を南に歩くと三十分ほどで、西山公園への昇り口があった。日本海側有数のつつじの花で有名な公園だった。今日のシンポジウムに名を冠した鯖江藩の第七代藩主・間部《まなべ》詮勝《あきかつ》が、安政三年（一八五六）に領民の憩いの場となる大名庭園・嚮陽渓《きょうようけい》を造成したのが、いまの西山公園のもとになっているという。五月の連休から二週間のち、つつじの花も散って、散策する人もすくない公園を上がった。

むろん、そういうことは知らずに、あのころ、二十一で、ふるさと鯖江を出るまでは、何度か来たこともある公園だったが、その後ふるさとへの関心がうすれ遠ざかった長いときだった。

インターネットで鯖江市のホームページをみるようになってしばらくなるだろう。ことし卒寿になる父と鯖江市の東部になる父の持ち山へ二人で登ったのは三年まえになる。父が昭和の終わるころに植えて、一握りほどの幹にそだった杉や檜をながめて山風にふかれた。そのとき、父は熊よけの鈴のようなものを持参していた。四十年ほど昔、父の仕事を手伝ってその辺の山にはいったことがあったが、熊が出るなどという話はそのころきいたこともなかった。

ひさしぶりの父との山行きのあと、鯖江市のホームページに緊急情報という覧があり、そこを開くと獣出没情報とあった。二年ほどまえから、春から秋にかけて頻繁に熊の出没情報が出た。父の足腰もだいぶ衰えたようだし、もう危なくて山へも行けないと気づいた。同じころ、ホームページで、「月刊・広報さばえ」を市制の敷かれた昭和三十年までさかのぼってみることができると知った。しばし、ぼくが鯖江を去った昭和五十二年のころなど興味ぶかく読んだりもした。また、平成二十五年六月から、〈間部詮勝の時代〉という文化課の職員の手になる連載が始まり、これも興味をもって読んだ。

拙著『残影の記』に収めた一文で、こう書いた。

《…名高い城を観にいこうと歩きだした。歴史好き、とりわけ幕末ものが好きだったから、大老をつとめ桜田門外で殺された藩主の井伊直弼に興味があった。直弼は福井藩の橋本左内や、小浜の梅田雲浜などを死罪にした安政の大獄をひきおこした、いわば故郷の偉人の敵役だった（鯖江藩の間部詮勝は、井伊大老の下で老中をつとめたのだが）。—「故地再訪」》

二十一まで育ったふるさと・鯖江を出て、初めての赴任地が湖東の井伊家の城下町・彦根だったことに因んで、記したものだった。

「嚮陽庭園」をのぞいて、小高い丘になった小道から、野山に囲まれるようにわずかな市街が眺められた。日に数便しかない、実家のある戸口の集落まで行くコミュニティバスに乗るつもりだった。最終便まで三十分ほどとわかり、西山公園をあとにした。

いま、『週刊新潮』に五木寛之が載せているエッセイに、「生き抜くヒント!」がある。連載の始まった一年ほどまえだったか、〈暗愁〉というコトバが出ていた。ロシア語で、〈トスカ〉というとも記されていた。そのとき、記憶のかなたからよみがえったものがあった。むかし昔に行った町の喫茶店の名だった。

鯖江の町のもう一つの顔ともいうべき浄土真宗の本山の一つ誠照寺に寄り、県の文化財になる四足門の左甚五郎の彫刻をデジタルカメラで撮って、本町の通りを歩いた。交差点角に福井信用金庫の支店がみえた。吸収合併したのでこの名だか、かつては鯖江の名を冠した信用金庫だった。小中学校の旧友・Hの勤め先が、ここだったはず。真向いの小路の角に小さな喫茶店「トスカ」があったという、とおい記憶…。

ぼくは高専の土木工学学科の四年生だった。その夏、大阪の建設コンサルタント(設計会社)に夏期研修に行ったものの、自分がますます土木の世界とかけ離れていくのを感じた。まわりのクラスメートは、五年生の卒業研究と一年後の就職試験に備えて、土木の専門課程に身をいれているようだった。ぼくは、専門課程をおろそかにして校内の図書館の文学書の棚に親しむようになっていた。好んで読んでいたのは太宰や安吾らの戦後の無頼派作家、司馬遼太郎の歴史小説、五木寛之の小説・エッセイなどだった。小中校の同級生Hとは、高専と武生の普通高校とわかれて、ほとんどつき合いがなくなっていたが、一度だけ、武生高校の体育館で会ったことがあった。

ぼくは中学のとき見ようみまねでグランドにあった鉄棒で大車輪などをするようになり、高専に入学して器械体操班（クラブ）にはいった。上級の四、五年生には、中学で県のナンバー2だか3だかになった人がいて、その先輩を見習って修練した。床や鉄棒はそこそこ技などおぼえたが、平行棒や跳馬は散々だった。一年生の夏は富山市（バス車中、プロ野球のオールスター・ゲームで江夏豊の九連続奪三振の中継をきいた）、二年生の夏は金沢市と高専の北陸大会に行った。むろん、ただ大会に出ただけといった感じだった。

二年生の春だったか、上級生の伝手で武生高校の機械体操クラブと半日、合同練習をした。そこに、旧友Hが鉄棒にぶらさがっていた。ひと言、ことばを交わしただけだったが、中学のグランドの鉄棒で大車輪に興じた仲だった。ぼくも少しは技ができたのは鉄棒だったが、大車輪で腕を持ちかえて鉄棒をつかんで、さらに逆手車輪で回転する弾みで掌の皮が、ペロッと剝げたりした。三年生の夏ころには、機械体操班に出ることもなくなり、ときおり、下級生が一人で練習しているのを目にした。卒業してからも、そのあとクラブはどうなったろうか、あの優秀な下級生にわるかったという目覚めのわるい気分がのこった。図書館に入りびたるようになった四年生のとき、旧友Hは浪人して受験勉強にいそしんでいた。福井市の予備校に行っていた彼と、ときおりぼくの運転する車（父の中古のスカイライン）で、本町の喫茶店「トスカ」に寄って、レスカ、レモンロックなど注文して、だべったりして無為なときをすごした。

翌春、Hはぶじに東京の有名私大に合格して上京した。ぼくは五年生には、かろうじて進級できたものの、この先どうしたものかおもい悩んでいた。ほとんど土木の専門課程についていけなくなっていたが、なんとか一年、卒業までこぎつければ、サラリーがもらえて親のかぼそい脛をかじることもなくなると。しかし、夏になるころには卒業をあきらめ、大学の文学部を受ける心づもりになっていた。フランス文学者の河盛好蔵の『親とつき合う法』（新潮文庫）という本を読んだりした。この刺激のない小さな町で暮らす倦怠感もあったが、山仕事に精をだす親の脛を、この先まだかじるとおもうと情けない気もした。

今後、長男として親とどうつき合うか、さらに大学受験のことをどう切りだしたものか、考えあぐねていた。

けっきょく、五年生の課程を放棄したような状態で、受験参考書とラジオ受験講座で、自己流の勉強をした。学費の高い私大はむろん対象外だったが、福井の田舎では私大は十把一絡げにみて、国立大学を重んじていた。ぼくは一期校と二期校を受けたものの、両方とも不合格だった。あわよくば、東北か信州の大学の文学部にはいって、日本史や日本近代思想史を専攻したいという目論見は霧散した。

担任教師のおかげで放校ともならずに、春から再びの五年生だった。さばさばした気持も一方にあり、落第生という屈折した一年をどうにかすごした。留年したおかげか、文学や芸術の話に興じることのできる土木工学科の助手Tさんとの出会いもあり、福井の女子短大とのコンパに出て街で酒を飲むのをおぼえたのは、このときだった。

おそらく、受験勉強をしたせいで入社試験の一般教養の点がよかったのか、むろん学校推薦があったからだろうが、翌春、半官半民などともいわれた某公団にはいることができた。就職した年の連休に東京のK大学の三回生になっていたHの下宿を訪ねて、酒の飲めない彼と、小中学の同級生、都内の某有名女子大にいる幼なじみを新宿の紀伊國屋に呼びだし、三人で歌舞伎町のパブで飲んだりした。…

旧友Hの急逝の知らせがとどいたのは、二年まえの春だった。前年の初冬、二度ほど同窓会で顔をみたのは別にして、四半世紀ぶりくらいに会って、酒の飲めない彼と居酒屋に寄って、こちらだけ熱燗をかたむけて親しい口をきいたばかりだった。田舎の同級生からきこえてきたのは、親の認知症の介護疲れなどから自死したということだった。

その夕、鯖江駅まえ五時五十二分発の最終のコミュニティバスに乗り二十分、市内の東部の山あいになる実家に着いた。おもわぬことに、父がぼくの晩酌のため用意していた酒は、鯖江の地酒「梵」の大吟醸だった。父はふだん飲む「まる」を、コップに一杯いれてレンジで熱燗にしていた。きけば、市内の北西・神明町に嫁いだ姉がもってきた一升瓶で、おそらく二月に亡くなった義兄に供えられた酒ではないか、ということだった。父は「梵」の価値はわかっていないふうだった。これは熱燗にしてはダメだと言って、小グラスに注いでちびりちびりと飲んだ。鯖江の眼鏡枠は有名で旅番組などではよく出るが、鯖江のこの地酒も知る人ぞしるで、なかなかに美味で知られていた。しだいにほろ酔いとなり、心地よく「梵」のグラスをかたむけ酔い心地をあじわっていた。

そもそも、地元で二日にわたる市立図書館でのシンポジウムに出るきっかけは、この五月の連休にあった。決まった予定はなかったが、一日の金曜に休みをとって鯖江に帰省した。二階の自室で晩酌をしながら書棚から出した古い本を読んでいるとケータイがなり、明日の昼、福井駅でSさんと会うことになった。翌朝、またケータイがなった。先約をわすれていた由で福井行きはとり止めとなった。その日は、まだ暑くもならず、いい風のふく絶好の気候だった。もう、車に乗らなくなってひさしかったが、自転車で鯖江市街まで行ってみようというおもいつきだった。自動二輪の運転免許をとったのは十六の春休みだった。そのまえ、高専の一年生の通学は冬季を別にして自転車だった。鯖江市街のさらに南西、十キロほどもあったろうか。あれから、風雪の歳月、四十数年になるが、まだ八キロほどの自転車漕ぎはできるだろうと、昼すぎすこし古びてはいたが家の頑丈そうな自転車にまたがった。

市立図書館の、だいたいの場所は見当をつけていたので迷うこともなく着いた。「文化の館」と称され、二階建てでフロアも広く、日本で初めての免震書架を採用したとのことだった。知りたかったのは、三十号から参加した『青磁』がどこに置いてあるかだった。福井市、丹南地区などで出ている短詩型の同人誌などは、郷土コーナーで面立てであった。

やっと見つけた『青磁』は県内の文学書の棚の隅っこに隠れるようにしてあった。

目的は達したと帰ろうとしたとき、貸出しコーナーの横のポスターが、ふと目にはいった。「間部詮勝シンポジウム—安政の大獄の真実・幕末史における再評価」というものだった。日程の一日目の基調発表の一人に、桐原健真氏（金城学院大准教授）がいた。近ごろ出た『吉田松陰—「日本」を発見した思想家』（ちくま新書）を読んだばかりだった。参考文献のなかに、故藤田省三の「松陰の精神史的意味に関する一考察」が載っていたのも読んでみようと思った理由の一つだった。さらに二日目の討論会のコーディネーター役が、母利《もり》美和氏（京都女子大教授）とあった。十年ほど前に湖国・栗東で単身赴任していたとき、そのころ新刊で出た『幕末維新の個性6—井伊直弼』（吉川弘文館）を興味ぶかく読んでいたのだ。図書館を出て、鯖江駅の北、定次町の許佐羅《こさら》清水の湧水を汲んで自転車を漕ぐと、さすがに脚のももが張っていて、どうにかこうにか実家まで帰った。

三週後の土曜に、ふたたび鯖江に帰省したのだった。台所で父と晩酌をしたあと風呂にはいり、こんどは二階の自室の書棚のまえで寝酒をした。近くの田からきこえる蛙の声をアテに、「梵」をかたむけた。神戸からもってきた吉田常吉著『日本歴史叢書—安政の大獄』（吉川弘文館）をひも解きながら。

銘酒も、ちょっと度がすぎたろうか、朝、父に起こされるまで寝ていた。七時半をまわっていて、少々酒ののこる目覚めだった。朝めし後、父に軽トラで市立図書館まで送ってもらった。

母利コーディネーターと三人のパネラーとの討論会は十二時すぎに終わった。興味ぶかかったのは、橋本左内の仕置《しおき》付は遠島とあったのを、大老の専決によって罪一等を加えて「死罪」にしたといわれているが、長年、井伊直弼の研究をしている母利氏は、専決ではなく老中との合意のもとのはず、と発言されたことだった。ことしのNHKの大河ドラマで、先日、松陰の仕置付に遠島とあったのを、高橋英樹演じる井伊大老が貼り紙するように「死罪」とするのが映っていた。

ぼくの興味は、井伊大老に抜擢されて老中となった間部詮勝が、朝廷工作を任せられ孝明天皇から「条約調印についてやむを得ざる事情を承知した」との勅書を得る功績がありながら、安政の大獄での逮捕者の刑罰などで大老と対立し老中を解任される経緯などにあった。さらには、維新後の薩長閥の世のなかで、詮勝は明治十七年、八十一まで生きたが、回顧録など一切のこさず、ただ書画の世界に没頭し、その生を終えたということにあった。

ふるさと鯖江でのシンポジウムから帰って、その週の勤めを終えた金曜の夕、JR神戸駅で下車して湊川神社に寄った。大河ドラマは吉田松陰の妹・文が主人公になっているが、松陰はこの湊川神社の楠木正成の墓碑に四度参っているという。あさ、ぼくは出勤の途中、週に半分以上は遠まわりするかのようにこの境内にはいり、余裕があれば線香（十円）を供えて境内を出る。湊川神社まえの多門通り（正成の幼名に因んだ通り）を横断してJR神戸駅から乗車、勤務地の茨木にむかうのだ。

春ごろまで帰宅時には正門が閉じられていたが、日の入りのおそくなったこのころは、七時まで開門していて社務所のベンチで休憩した。肩掛け鞄に入れている三〇〇mlの冷酒をかたむけながら。

田所泉氏の遺著に『楠ノ木考―田所泉作品集』（二〇〇七年・風濤社）というのがある。巻頭におかれた表題作「楠ノ木考」は、一九八二年『新日本文学』九月号の掌編小説特集に発表されたもので、《「楠木会」というのが、今もあるという。楠木正成を祖先とする人々が、年に一度か、…集って、ときに先祖の事績を語り合いたしかめ合い…》と書きだされている。田所氏がふれているのは、民衆に人気のある、青葉しげれる桜井の駅での父子の別れの正行ではなく、正行の弟にあたる楠木正儀という存在についてだった。楠木軍団の棟梁として、ときに南朝に属し、ときに北朝に降って、…南北朝の争乱をつうじて楠木氏の勢力を根絶やしにさせることはなかった、という。正儀の生き方から、天然の植物としての楠ノ木を連想する、と田所氏の筆は運ばれていく。

鯖江でのシンポジウムでの帰途、敦賀で買った安価な越前焼のぐい呑みをかたむけながら、文化の館と称する市立図書館におもいがいった。

昭和五十二年春、ぼくが鯖江を去るころ市立図書館はなかった。卒業するまでは高専の校内図書館に入りびたりだったし、就職して赴任したその地、その地の図書館になじんで、ふるさとの図書館には縁がなかった。

それにしても、平成九年に開館したという市立図書館「鯖江市文化の館」は、六万の人口の地方都市にそぐわない立派な箱ものの文化施設のように感じた。

今週、鯖江市のホームページ上の「文化の館」を開くと年報がのっていた。そこに、〈あゆみ〉という覧があり、もとの市立図書館は昭和五十四年に開館したとあった。その後、平成四年、地方拠点都市地域法が成立し、翌年に丹南地方が法案の指定を受け、「丹南地方拠点地域基本計画」を策定、平成八年に「鯖江市文化の館」の建設となったという。

ちなみに国宝彦根城という観光資源をもつ十万を超える人口の彦根市は、昭和五十四年に開館した平屋の古めかしい図書館のままである。以前、福井市在住の人から、市内に新たに文化施設が幾つも建てられたが、原発マネーの一部が…というような話をきいたことがあった。あるいはそういうながれもあるのだろうか…、とほろ酔いかげんでおもったりもした。

七時まえ、湊川神社の閉門が近づき境内がうす暗くなったころ、ブーンという音がきこえて、半袖シャツの襟首のあたりに痛みがはしった。

（「黄色い潜水鑑」62号・二〇一五年七月）

〈参考文献〉『間部詮勝と幕末維新の軌跡』（二〇一五年・福井県鯖江市教育委員会）

鞆山海岸まで

ことし（二〇一四年）の七月二十日に、舞鶴若狭自動車道（舞若道）の小浜ＩＣから敦賀ＪＣＴ間が開通し北陸自動車道とつながった。これで舞若道の一六二㎞の全線が供用した。舞若道は中国自動車道の吉川ＪＣＴから分岐し、福知山・舞鶴・小浜を経由している。開通三カ月して、若狭地方の国道二十七号の交通混雑の緩和がはかられ、福井・北陸方面から中国・四国方面の交通量の七割が舞若道になり、名神高速道路の混雑緩和にも寄与しているという。一九九五年の阪神大震災の際、衝撃的な阪神高速神戸線の倒壊には目をうばわれたものだが、名神でも西宮ＩＣ～尼崎ＩＣ間で落橋があり交通不能になった。復旧までのあいだ西日本からの物資輸送は、中国自動車道（中国道）から吉川ＪＣＴを経由し、そのころ開通していた舞若道（当時は舞鶴自動車道）の舞鶴西ＩＣまで高速道路を走り、敦賀までは国道二十七号を経由する交通が、一時ながらも名神の大動脈の代替になった。ぼくは震災の被災地、神戸・須磨の工事事務所に勤めていて、震災記事をくまなく読んでいた。リダンダンシーという「冗長性」「余剰」を意味し、交通ネットワークを多重化する性質をしめす語彙を、そのときおぼえた。

阪神大震災から来春で二十年という年月、もう、長年のペーパードライバーで車を運転することはないのだが、それでも一度機会があれば、舞若道を敦賀ＪＣＴまで通ってみたいとおもっていた。ところへ、九月になり長田区に住むひとり息子が、三月に生まれた長女が生後六カ月になり、鯖江の祖父母に曾孫の顔を見せにいくから一緒に乗せていくと言うのだった。

九月十四日、日曜の朝、家人は仕事があり、長田の息子の家に一人むかった。翌月曜は敬老の日で祝日だった。気持のよい初秋の陽が射していた。車庫から出した車の助手席にジイさんになった自分が乗り、後部座席のチャイルドシートに孫娘・心美と息子の嫁さんが座り、息子の運転する車は出発した。

神戸西ＩＣからロングランプともいうべき山陽自動車道（山陽道）に入り、しばらくして三木ＪＣＴから山陽道の本線にはいった。ここから東へ十数キロ先の神戸ＪＣＴまでの区間は忘れられない場所だった。一九九〇年から阪神大震災の翌年まで五年半ほど、いまはもうない神戸の工事事務所にいるとき、山陽道の建設事業に少々たずさわったのだ。

神戸ＪＣＴから中国道を北西に走り、吉川ＪＣＴから舞若道を、ひたすら北に走った。丹南篠山口ＩＣを過ぎ、多紀連山のみるからに丹波地方という山並みを長いトンネルで抜けた。

福知山ＩＣを過ぎて、観音寺高架、由良川橋とつづく橋梁の左方向に福知山の市街が眺められる。転勤で、この町を去って神戸・北須磨に移ったのは平成になった翌年、一九九〇年九月だった。息子は小学校の一年生の二学期で転校した。その年の二月、出社に耐えられなくなって市内の山あいの精神科病棟に入院した。桜の咲くころ退院したもののうつ的症状がおさまったわけではなかった。おもたい足とおもたい心を、どうにかこうにかして、由良川の堤下にある宿舎から堤防道を自転車をこいで、ふたたび出社した。その夏がおわるころ、転勤辞令が出た。

あれから二十四年の歳月だった。当時、福知山の工事事務所で担当していた福知山ＩＣから舞鶴西ＩＣ間は転勤した翌年、一九九一年春に暫定二車線で開通し、いまは四車線化の建設工事が始まっていた。暫定二車線の観音寺高架橋はコンクリート橋でもＰＲＣ構造といってめずらしい形式だったようだが、拡幅の四車線化の設計業務が先日、入札公告されたばかりだった。

福知山はこのところ不幸つづきだった。昨夏の由良川河川敷での花火死傷事故に、この夏は集中豪雨で由良川の氾濫危険水位を超え市内中心部が冠水した。由良川の河川敷はよく散歩したし、冠水したのはあのころ住んでいた宿舎の近辺だった。

この春、あのとき入院した山あいにある精神科病棟の、かつての主治医Sさんに、『黄色い潜水艦58号』を同封して便りを出した。同じ昭和三十年生まれのSさんは、その都度、すぐに返事の便りをくれた。初めて上梓した『泰山木の花』のときは、病棟におく(拙文に病棟暮らしがあるせいか?)とかで、七冊も買ってもらった。

こんどは、二カ月ほどして返事がとどいた。冒頭、体調がおもわしくなく開封が遅れた旨、記されていた。送った拙文は旧友の急逝を書いたものだが、おなじころSさんも一つ年上の、師でもあるフランス人精神科医の永眠に遭遇し、「医者の不養生」で、うつ状態に陥っていると書かれていた。末尾に、院長先生は八十六歳になるいまも名誉院長として、お元気で診察をしている由、記されていた。

山あいの病院に入院して一カ月ほどしたころだった。廊下でばったり院長先生に出会い、院長室に呼ばれたことがあった。「どうですか、状態は」ときかれて、「気分はだいぶん平静になりましたが、気力や意欲がなくて…」と答えると、しばらくして、子規や漱石ら文学者の話が院長の言葉尻に出てきて、彼らの病的なエピソードなど、興味ぶかいものがあった。つけくわえるように、ヒトは霞を食って生きていくことはできないが、ふたつのことはなんとかやっていくことは可能ではないだろうか、やりかたしだいでは。間道（ぬけみち）のようなものをみつけて、乖離するものがあるとしても…。

あのとき、四半世紀まえ、福知山の山あいの精神科病棟での院長先生が言ったコトバは、ぼくのアタマの片隅にのこっていた。

綾部ＩＣを過ぎて真倉・黒谷トンネルを抜けて舞鶴西ＩＣに来て、地勢からトランペット型でなく扁平な形式のランプ構造、何段かのいびつな切盛土の法《のり》面を目にしたとき、ふっと想いだすものがあった。

福知山の事務所で工務課に配属になり、年が明け元号が平成になった。工事費の予算管理などが主な仕事だった。実施計画変更の一環で、舞鶴西ＩＣの法面構造の形式変更による工事費の削減の資料づくりだった。局・本社とのやりとりで疲れはて、にっちもさっちもいかなくなり、精神科病院の外来に通い薬を処方してもらった。春先には出社の途中、心身の異常にみまわれ緊急入院したこともあった。夏ころには、うつ的症状が顕著になり、事務所内の予算や統括をする工務課がつとまらず、できたばかりの舗装工事班に異動した。

息子の運転する車が、舞鶴東ＩＣを過ぎ県境のあるトンネルを越えて福井県にはいった。しばらくすると左手前方はるかに、海が遠望できた。高浜海岸だった。あの夏、幼稚園児の息子を連れてこの海に来たことがあった。

《一九八九年　夏

七月八日（土）

寝起きわるく、八時すぎに布団から出る。梅雨の晴れ間の絶好の天気なのに、こころは晴れない。十二時まえにむすこの文人が帰ってきて、しばらくして妻のフサも帰ってきた。どこか行こうかというフサに、「そうだなあー、気のりしないけど海に行くか」と答えた。

福知山駅で十三時発の敦賀行きに乗り、県境を越えて福井にはいり、三松という無人駅で下車。からだのかったるさも、かっと照りつける真夏をおもわせる陽射しに、少し元気が出るようだった。村の小道に万国旗がつるされ、浜辺に出ると砂浜をブルドーザーでならしていて、それを避けるようにして若者のグループや家族連れが甲羅干しをしていた。少しはなれた草地に腰をおろして、青葉山の彼方をみると、関西電力の送電線が見え隠れしていた。高浜原発から関西に電力を供給しているのだ。

梅雨だというのに雲のあいまから照りつける太陽で足下の砂は熱く、すぐに海に飛びこんだ。水はまだ冷たかった。遠浅でテトラポッドがある辺りまで泳いで、やっと肩の深さになった。文人も浮き輪をつけてわたしの近くまでバタ足でついてきた。海水のうえで仰向けになって身体を浮かせ、水平線や雲をながめていると、蟠っている日々の鬱陶しさが心身から抜けていくようで、心地よく波の揺れに身をまかせた。

十一日（火）

一見、平穏に日々が過ぎているふうだ。ただ依然として生活に張りがなく、生き生きとしたものを自分で感じることはない。家と事務所の往復だけである。家に帰ってからワープロを打つ活力が出てこない。今後のしごとの不安があることはまちがいない。ただ、それだけでもなさそうなのだが。

ひさしぶりに寝酒を一杯やり、佐多稲子の『夏の栞―中野重治をおくる』を再読する。ことしは中野歿後十年、わたしの精神破綻から十年である。

十六日（日）

七時起床。先日から読んでいる『夏の栞』を読みあげた。男女のあいだの微妙な細やかなこころの交流が、あざやかに描かれていて感銘を受けた。十二時に、文人と買物がてら町に出る。ひとと顔をあわせるのが億劫になるこのごろだが、食料品を買ってフサのパートのおわるのを待った。帰宅してワープロに三時間ほどむかい、「海へ」を六枚仕上げる。十時まえ就寝。

十七日（月）

M病院の外来に行く。十時半、やっと診察室に入る。きょうはワープロの日録は持ってこなかった。なんとか事務所に行って、状態も特別に落ちこむようなこともないと話すと、S先生は「まあ、適当にマイペースでやることです」と言われて診察がおわった。

十八日（火）

花茣蓙にひとり寝ていた。明けがた夢をみた。また、M病棟に入院して朝めしを食べている。春に二日の緊急入院したとき、あんなに不味いとおもったのに、うまいうまいとパクついている。慣れれば病棟の食事もうまくなるのだとひとり合点している。

七時まえに起きて、朝めしを食べおえてからもふしぎと鮮明におもいだせる可笑しな夢だった。きょうは少し残業をせねばならぬかと思いつつ出社する。

昼まえからそとは梅雨明けをおもわせるカラッと晴れわたり陽が照りつけている。今週に仕上げないといけない舗装工事の発注があるので、冷房の効きすぎる事務所で積算根拠をみていた。その合間をぬって市役所に参議院選挙の不在者投票に行く。

十九日（水）

昨夜、残業らしきものをして、八時に帰宅すると、さすがに冷房のないわが家はむーっとする暑さで、身体の調子がいまひとつ。瓶ビールを一本飲み、花茣蓙に横になり本を読んでいると、すぐに眠りこけていた。

けさ、六時の目覚ましが鳴ったが、すぐにとめてしまい、また眠ってしまった。けっきょく起きたのは七時。一日の始まりなのに、心身がかったるく気力がわき出てこない。それでもワープロのまえに座り三十分。

帰宅、六時。陽はまだ暮れることなく、駐車場で子どもが遊んでいた。きょうも冷房の効いた室内にいたせいもあり外気は熱風のようで、近畿は梅雨明けしたと夕刊に出ていた。あすは、夏休をとって梅田での随筆教室「竹藪の会」に出るが、梅雨明けしたと知ると、大阪都心の熱せられた街に行くよりも、日本海に泳ぎに行きたくなった。『言葉の探偵―

ちくま文学の森』で、臼井吉見の一文「日本語と酒」を読む。こころ和やかになる掌編エッセイだった。

二十日（木）

あさ、九時十五分の大阪行き普通に乗る。十二時に大阪駅に着いて粟津さんの銅版画展を観にいく。一時半、北須磨教養ルームの「竹藪の会」に出席。拙文「海へ」六枚、まあまあの評を得る。講師の川崎さんから一声「ちょっと、おじん臭いとこあるなあ」と。それは作品にあらわれた近ごろのわたしの生活に？　会がおわり近くの画廊へ、皆そろって長谷川四郎展を観にいく。色紙など多数展示あり。

二次会・たよしで八時まで飲み、二十分の福知山行きに乗る。車中缶ビール一本飲むと眠っていた。十一時、由良川堤下、宿舎に帰宅。

二十二日（土）

きょうから文人、幼稚園休み。フサはパートにいく時間が早くなったようで、六時に朝めしの用意をして出かけた。何年ぶりかに文人とラジオ体操にいく。

十時に文人と駅で待っていると、しばらくしてフサがパートをおえてやってきた。敦賀行き普通に乗りこむ。西舞鶴から急行「わかさ」になり、各駅停車とちがって待ち時間もなく列車は速い。十二時五十分、敦賀着。駅前に両親が待っていた。ひさしぶりに親父の乗ってきた車を運転して、杉津海岸まで走る。雲が多く日差しは弱かったが、ひと泳ぎして四時半ごろ海辺をあとにした。鯖江、六時着。

二十三日（日）

七時起床。心身が少しかったるい。あさの絶好の天気に、午前中だけでもと越前海岸に泳ぎにいく。文人は、どうするかと聞くと、親父の製材所からもってきた幾つもの木の切れ端（こっぱ）で遊んでいるという。実家にあずけてフサと二人、車で海にむかった。越前海岸の長須浜に九時に着いたときには、すでに家族連れや若者らでにぎわっていた。ひさしぶりにフサと浜辺で甲羅干しをしたり、ひとり沖に泳ぎにでたりして、十二時半に浜辺をあとにした。

二時に鯖江の実家にもどると、文人は今やおそしと待っていた。親父の話では家において帰るのは無理みたいだという。フサは朝のパートの時間のことがあり、ぜひとも鯖江の家であずかってもらいたかったようだ。三時四十分、鯖江駅から普通列車に乗りこむ。

敦賀からの小浜線の車中は、時がながく感じた。なんとなく疲れたからだで、車中、文人ひとりさわぐのを耳にして二人は黙りがちだった。

八時に福知山に着く。あすから、また仕事だとおもうと気が滅いった。宿舎に帰りテレビをかけると、さっそく、参議院選挙の開票結果が次々に報じられ十一時すぎまで、かじりつくようにテレビに見いった。自民党の惨敗が痛快に感じた。

二十四日（月）

きょうからフサがパートに出たあと、ふたりで朝めしを食い一時間ほどワープロを打ったのち出社。宿舎の門を出るとき、三階の自宅から網戸越しに文人が手をふるのがみえた。フサが帰ってくる十時まで、文人ひとりの時をすごすことになった。

休みあけのシンドイ事務所での一日、どうにかこなすが、帰宅の気持重たし。

三十日（日）

休みの日にも腑抜けになったように、午前中をすごす。昼から、昨日につづき、またプール。帰りに市立図書館で本を借りる。土曜とおなじように、早々に八時ごろ眠ってしまった。

三十一日（月）

明けがた、すこし寒気をおぼえた。毛布一枚にくるまって惰眠をむさぼる。

M病院の外来に行く。あまり調子のよくなさそうなわたしの状態をみて、S先生はおっしゃった。

「夏場はイヌでもネコでもゴローとして昼寝ばかりしているのだから、ヒトものんびりとしてもいい。ミワさんの日録にあった実存的不安とは具体的にいえば、どういうものだろうか」

「具体的には、やはりいまの仕事と先行きのことでしょうが、それ以外に漠然としたこころうちの不安や、無気力というものがあります」と答えた。

「まあ、仕事でにっちもさっちもいかなくなれば、またそのとき考えましょう、のんびり夏休みでもとってすごしてください」と言われた。

事務所にいき、みな自分の仕事に自信をもってやっている（ように見える）のをながめ、とにかく一日すごせば、二日間の夏休みで竹藪の会の人らと海に行けると、それだけを考えながら五時半を待った。

夕食後、あすが休みだとおもうと、ひさしぶりに活力が出てワープロにむかい、「心模様（仮名）」の最後にとりかかる。どうやら二十八頁（原稿用紙にして八十枚）になり、初めての同人誌「山魚狗《やませみ》」の原稿は、これでほぼなった。麦焼酎を二杯飲んで、中野重治のカセット「国語と方言」を聴きながら十一時に眠る。》

孫娘をともなった越前行の一週間のち、一九八九年夏の参議院選挙で自民党を惨敗に追いこんだ立役者で、「山は動いた」の名言を吐いた元・社会党委員長の土井たか子氏が亡くなった。

いま、これを記している暮れも押しせまった十二月十日、「特定秘密保護法」が施行になり、「アベノミクス」が争点という二〇一四衆議院選挙が週末にせまっている。はたして…。

ことしの十一月九日で、「ベルリンの壁」が市民の手で崩されてから二十五年だという。つまり、一九八九年のことになる。この事実は、そのころの自分の記憶にとおく、かすかにしかない。というのも、あの夏の精神不安からつづくうつ症は、精神科に通院して服薬してもいっこうに好転せず、年内はかろうじて、かつかつ出社していたものの、丹波地方の寒気本番をむかえた二月になると、自ら決したかのように精神科病棟にはいってしまうような状態にあった。秋もふかまったころには、社会的関心など埒外にあったとも。

暫定二車線の舞若道をひたすら東に走り、三方五湖パーキングエリアを過ぎるころ、お昼ちかくになった。敦賀で昼めしにしようと、息子がスマホでさがすと、蓬萊町に海鮮丼を食べさせる店が見つかった。スマホが教えた道順は、敦賀JCTの一つ手前の若狭美浜ICで下りて、国道二十七号からとのことだった。JCTの直近、ランドマークともなる最大支間長が百六十メートルの敦賀衣掛大橋を通ってみたかったのだが、断念。若狭美浜ICからの国道二十七号は四車線になっていて、敦賀市街へは、こちらが便利のようだった。舞鶴東ICから、制限速度七〇キロながら、一時間かかっていなかった。もう、とうに「急行わかさ」など走っていない各停のJR小浜線だと、東舞鶴から美浜まで二時間ほどかかるはずだ。

蓬萊町の漁協ちかくの海鮮丼屋は人気の店らしく行列をなしていてあきらめ、すぐよこの通りのそば屋にはいった。この店に、ちょっと記憶があったのは、二、三カ月まえだったろうか、NHK・BSの火野正平が自転車をこぐ番組「こころの旅」に出てきた店だったのだ。有名人の来店時の写真のなかに、火野正平の顔もあった。

さすがに昼間の酒は遠慮して、おろし蕎麦定食を注文した。おとなたちが食事するかたわら、車中、おおむねチャイルドシートでおとなしく眠っていた心美は、畳の間に下ろされると、手足を伸ばして頭をもたげて這い這いしていた。

食後、鯖江の実家に帰るのに、敦賀ＩＣから高速に乗らずに、海岸沿いを国道八号を走ることになった。ハンドルを握る息子は、せっかくだから、どこか海辺に寄ろう、と言った。国道八号をすこし走ると左手したに敦賀港が見えたとき、この先の北側に、半世紀ほどもまえ海水浴に来たことがあったのを想いだした。小学生のころ、鯖江の山あいの小集落から貸切バスで海水浴にいくのが夏休み中の行事のようになっていた。赤崎・鞠山海岸といったろうか…、首までつかって足の指にはさんでハマグリをとったとおい記憶…。

息子の車を鞠山海岸のそばに停め、浜辺に寄った。

彼岸入りもちかい九月十四日、もうさすがに海にはいっている人はなかったが、海水は未だ夏の香りをのこしているようだった。寄せる波をながめていると、サンダル履きの息子は孫むすめの心美をかかえて、膝したまで海にはいった。さらに心美の足先から腿あたりまで海水につけた。心美をながめると、足先から腿だけでなく紙オムツをした尻まで濡れたらしく泣き叫んでいた。

浜辺をあとにしながら、海好きのＤＮＡが着実につながっていくのだろうか、とほくそ笑むものがあった。

（「黄色い潜水鑑」61号・二〇一五年一月）

車窓の風景

越美北線・勝原まで

八月十一日、家人が義母の初盆で秋田に里帰りした。ひとりになり三日目の朝、福井に帰省する予定で、目覚めはよかった。ポジ休（去年から夏休がポジティブ休暇になり取得期間も変わった）のこり一日に、年休を二日とり五連休となり、いつものように寝床で朝刊を目にすると、死亡記事にひきつけられた。文芸評論家の松原新一さんの訃報だった。すい臓癌にて享年七十三とあった。

おととし（二〇一一年）の福井・丸岡での、中野重治を偲ぶ「くちなし忌」の記念講演は松原新一さんだったが、そのとき話されたのは、中野の小説「街あるき」についてだった。末尾の両国橋で天秤棒をかついで荷を担う女のいきいきとした描写…、それを見た主人公が、いままで酔生夢死のようだったのが、一変して生きかえったように…。たまたま、ぼくも「街あるき」を何年ぶりかに読みかえしていて、天秤棒の女の描写に魅せられ、作者の筆力にあらためて感嘆する思いをしていた。その年の晩秋に、『残影の記』という本を上梓したのだが、松原さんに送ったところ、丁重な和紙のはがきに書かれた便りをいただいた。その年の暮れ『現代詩手帖』12月号の〈今年度の収穫〉に、松原さんが詩誌の他に選んだ数冊の一冊に拙著もあげていて、理由としてこうあった。《いずれも、精神健康の崩れとは何かについて考え込ませる作品で、「病気にならなくても困らない人」(中井久夫)にも読んでもらいたいと思います。》

八時すぎ、名谷駅から乗車し新長田駅でJRに乗りつぐ。もっている切符は、青春十八きっぷ(残りの二枚)で、JR新長田から普通列車の旅、開始。八時四十六分、神戸駅で敦賀行き新快速に乗車、このごろ鯖江に帰省のおりは敦賀まで乗りかえなしの敦賀行き新快速に乗ることが多い。大阪駅から特急に乗るのが、むろん速いのだが、神戸発の新快速だと乗りかえの煩わしさがないし、なにより安いのだ。今日は鯖江に帰るだけでは、せっかく普通列車乗り放題・青春十八きっぷの妙味がないので、ローカル線奥越の小旅を思いついたのだった。

敦賀到着、十一時十五分。福井駅行き普通までの待ち合わせに、ホームで鯛鮨（千円）、酒類は、いまだ我慢。福井駅からの越美北線の車窓をながめながら鯛鮨で一杯という趣向のつもりだった。

福井駅に着いて缶ビールをあがなって、おもむろに十二時四十九分発、越美北線の端のホームに来ると一両のディーゼル車が待っていた。車内は座れるどころではなかった。十四日、ふるさとはお盆なのだった。昨春、一乗谷駅から福井駅まで越美北線に初めて乗ったのだが、まばらな乗客で田植え時期の車窓をいっとき楽しんだ。閑散としたローカル線も、お盆の真昼では、たまさかの帰省客に地元の年寄りの客などで予想外の混みぐあいだった。それでも、一乗谷駅から初めての市波、小和清水、美山とつづく足羽川沿いの溪谷はなかなか見応えがあった。

二〇〇四年七月の福井豪雨で、この辺りの橋梁が流されて、越美北線は長く不通がつづいたはずだった。あのとき、四年に一度の小中学のクラス会がお盆にあり出席の返事を出していた。この豪雨で開催が危ぶまれ、しばらくして幹事のHから電話で予定どおり行うと知らされた。

　そのHの思いもせぬ訃報が、今春とどいた。クラス会でたまに会うとはいえ、私的なつき合いは、二十代なかばでほとんど絶えていた。その後、二度のクラス会にも姿を見せぬHのことを、ふと思いだし、昨秋のクラス会のあと、拙著『残影の記』を送ったところ、長文の手書きの便りをくれた。師走にはいったころ、坂井市の丸岡町図書館に用事ができ帰省する旨、返事すると、「時間があえば会えればいいな」と再びの便りがあった。

　十二月一日、丸岡町図書館での用事がすみ、福井駅まで送ってもらったあと、ケータイがなった。Hだった。用事がすむころだろうとかけてみたとのことで、西口で彼を待つことになり、まもなく車でやってきた。もともと酒の飲めないHが、こちらの酒飲みを察知してか、駅構内の居酒屋を案内してくれた。当たり障りのないクラス会での会話を別にすると、お互いの身辺のことなどについて親密に話したのは、おそらく三十年ぶりくらいになっただろうか。手紙のやりとりがあったせいもあり、苦笑いして軽口をたたく、むかし変わらぬHに見えた。鯖江の実家まで送ってもらって、その夜、父と晩酌をしながら、親父さんが認知症になって急に亡くなり、いま母親が徘徊をするようになり介護をしているというHの話をした。その夜、寝つきながら、深刻なはずの痴呆、介護の話を、さばさばとしたような口調で話すHが、いくぶん不思議なおもいもしたのだが…。

十三時四十二分、越前大野に着。ここで、ようやく座れた。なま温くなった缶ビールだったが、アテで主食の美味な鯛鮨で、ようやく人心地ついた気分だった。大野盆地を行く線路の標高が上がり左手車窓に、なだらかな六呂師高原が遠く見えてきて、河岸段丘をおもわせる九頭竜川も見えかくれしてきた。トンネルを潜ると、渓谷はけわしい岩壁のあいだを流れる清流が見え、次の停車は「勝原」とつげた。そうなのだ、越美北線に乗ろうとおもったとき、このカドハラという駅を想起したのだった。はるか、むかし中学を終えて二年目、十七の夏休みに…。

そのころ、越美北線は、この勝原が終着駅だった。あるいは、そのころ長いトンネルで荒島岳の下を通して九頭竜湖駅まで延伸したばかりだったろうか。いなかの中学で仲のよかった数人は、なにかで知って、この勝原の川原で一夜、キャンプをしたのだった。ぼくは高専の二年生で、春休みに自動二輪の運転免許をとったばかりだった。三つ上の福大生だった従兄から百二十五ccの単車をゆずってもらい、二年生になり自転車通学から単車で通うようになった。どうにか、乗りこなせるようになった夏、一人を後ろに乗せて大野街道を走った。たしか、五十ccのバイクで一人がついてきた。あと二人は越美北線で勝原まで来たのだった。そのなかにHがいた。彼が唯一、進学校の普通科であとは商業科、工業科の二年生だった。大野の酒屋で瓶ビールを三本買ってきていた。その夜、テントの中で酒盛りをした。商業科のIは、ひとりだけオトナびていてウイスキーの小瓶をもってきていた。夏の夜、アルコールの酔いとは、こういうものかと、それほどでもないなという気もしたが、なにより初体験だった。酔うにつれ、いなかの同級生の女子の話で盛りあがった。

高専の五年生を二度やり、どうにか某公団に就職し彦根の事務所に赴任したころ、一浪し東京の有名私大に入ったHを訪ねて上京したことがあった。小中学の同級生で某女子大に進学していたA女を新宿の紀伊國屋に呼びだし、パブのような店で、一杯やったことなどもあったのだ…。

一両のディーゼル車は、あっけなく勝原駅を発車した。長いトンネルにはいって、時刻表をめくって越美北線の時間をみると、九頭竜湖駅に着いて十五分ほどして、折り返す列車だろう、福井行きがあるのがわかった。次の時刻は四時間後だった。せめて十五分、終着駅の雰囲気でも嗅いで、とその列車に決めた。

お盆の九頭竜湖駅は観光客などでかなり混んでいた。飾りの恐竜が迎える駅前広場は、そうとうの高地のはずだが、暑熱は神戸、福井の平場となんら変わりなく灼熱の日差しだった。十四時三十三分、福井行き一両のディーゼル車は発車した。

福井駅に着き構内にあるスーパーで、晩酌のアテに鯖のへしこ（刺身）と雲丹を買って、まだ夕暮れまえのプラットホームから敦賀行き普通に乗った。

丹波・胡麻にて

ようやく、ことしも秋めいてきたころ、上林暁の第二十二創作集『迷い子札』（昭和三十六年六月・筑摩書房）をひも解いていた。巻頭の同名作（昭和三十五年十一月「新潮」発表）は、長女の結婚式に新婦の父親として、次のようにスピーチしたことに因っている。
《…これまでの生涯は、親元にあって、まだ迷い子札を首にかけてゐた生活だつたと言へませう。今日以後の新生涯は、その迷い子札を取りはづした生活に入るのです。…》
結婚式から三カ月後、娘の新所帯のアパートを用事で訪ねることで作品は終わるのだが、その用事とは次のようなものだった。左翼作家のN氏から来た手紙を取り出し、娘に言う。
「N氏がくちなしの苗木をくれると言つて来てるんだが、なかなか取りに行けないんだ。

あんまり延ばすのもいけないから、それで多根子に取りに行つてもらひたいんだ。」

N氏の家が娘の学校と近いらしいと知り、上林は娘に頼んだのだ。

「迷い子札」に書かれた左翼作家Nが、中野重治だとわかったぼくは、この夏の中野重治を偲ぶ「くちなし忌」を想起した。

お盆の一週間のちも福井に帰省した。

八月二十四日の土曜、大阪駅八時四十分、特急サンダーバードに乗車。青春十八きっぷが一枚のこっていたが、十時半ごろに福井に着くには、神戸から普通列車の乗りつぎというわけにもいかなかった。湖西線の北小松をすぎる辺りから曇り空になり、敦賀をすぎて北陸トンネルを抜けると、今庄では降りしきる雨だった。武生、鯖江も雨だったが、十時三十分、福井駅に下りると一時雨は止み、西口にSさんの車が待っていた。

Sさんの車で坂井市の丸岡町図書館に行き、一年ぶりに中野重治記念文庫をのぞいた。くちなし忌の始まるまえに中野さんの墓を見にいこうとSさんが言い、コンビニで2ℓのペットボトルの水を買って、中野家墓所「太閤ざんまい」へ寄った。前日からの雨で、生家跡の裏手の道路から下りた田圃の中にある墓所への畔道は水に浸かったりして、危うくたどりつけないところだった。

茶色がかった自然石のような「中野累代墓」の墓石に、ペットボトルの水をかけながら掌で拭くようにすると、側面の石の一部が剝がれ削れた。あの日、ぼくは初任地、隣県の湖東の城下町にいて中野重治死去のニュースをきいたのだったが、墓石にかさねるように三十四年の歳月をおもった。

中野重治が亡くなったのは昭和五十四年八月二十四日で、ことしのくちなし忌は祥月命日にあたっていた。

一時半からの生家跡でのくちなし忌に、昨年につづいて参加し、寺田透の筆になる〈中野重治ここに生まれ、ここにそだつ〉の碑にホオズキを手向けた。主催者側の挨拶では、これまで、くちなし忌は雨に降られたことはないとのことだった。福井地方の雨模様も、丸岡・一本田の地には、雨天が遠ざかった感があった。

笠森勇氏の講演「中野重治と室生犀星をつなぐもの」をきいたあと、Sさんの車で福井駅まで送ってもらい、夕方、鯖江の実家に帰り父と先週に引きつづき晩酌をした。

翌朝、市内に嫁いでいる妹が来て、朝めし後、妹の車で鯖江駅まで送ってもらった。おととい、八十八になった父の軽トラで送ってもらってもよかったが、この暑いのにクーラーもない軽トラを高齢の父に運転させるのも気の毒におもっていたところ、妹が出がけまえに駆けつけてくれた。

父は中古の乗用車・コロナに長年乗っていたが、去年の盆の墓参りに母と三人で行った際、父は河和田《かわだ》の村々のなかへ車を走らせてくれた。わが母校・河和田小学校のある西袋から谷筋に入った集落を案内してくれ、とある一軒の家を指して、「ここが、うらの母親の生まれた家や」と。そうして、ぼくに言った。「そしてぇ、むかし、うしごろのおんさんが家に来たの、おぼえてえんか、こんのちの人やった」。そういえば、小学生のころ、いかついが、にこっとしたおんさんが、ときたま家に来て、玄関で身ぶり手ぶりで父が応対しているのを思いだした。玄関で直接ぼくが出会い、父を呼びにいったこともあったか。もう何年も記憶から消えていた聾唖者のおんさんは、父の従弟だったのだ。そのあと西袋の神社の下を通ったとき、まだ父が製材をしていたころ、横の山から丸太を二人で運んだ山仕事の話を母がした。ふっと、ぼくは小中学の同級生・Hのことを思いだしていた。かつては、二十歳前後の数年間は、もっとも親密につき合った仲だったが、お互い結婚したころから、私的なつき合いはなくなり家族のことなどもまったく知らなかった。さかのぼれば、小学の四、五年生のころ学校帰りに彼の家に寄って、大きなリンゴを一つ、彼のお母さんからもらって喜んで帰ったかすかな記憶、ぼくの初任地・彦根のころ、小浜の民宿へ彼と泳ぎにいった思い出。ぼくは二百五十ccの単車で行き、彼は彼女を連れて軽四輪で来て落ちあったのだった…。

去年の墓参りが、父の運転するコロナに乗った最後だった。それ以降、鯖江駅までの送迎は軽トラになった。

十時二十五分、鯖江駅から敦賀行き普通に乗った。切符は、青春十八きっぷの最後の一枚だった。先週は、このきっぷで、神戸から福井まで、さらに越美北線の九頭竜湖駅まで行き、鯖江駅に帰ってきたのは夕方、五時半ごろだった。河和田行きの最終バス（二時間に一本ほど）の待ち時間に駅前の酒屋にはいると、なつかしい駅前の写真があり、かすかな記憶にある木造の鯖江駅の駅舎だった。昭和五十年ごろの駅前商店街から眺めた駅の写真と説明されていた。昭和五十二年の春、福井高専を卒業し故郷を離れたのは、この写真に描かれた鯖江駅の改札をくぐってだった。二年半のち、彦根から狂乱のさなかに寮の先輩につれられて帰郷したのは、いまのRC造りの二階建て駅舎だったろうか、ぼくの、あるかなしかの遠い記憶では、やはり木造駅舎で、いまのぼくより若かったはずの父が迎えにきていたような…、夕方だったせいもあるが、人混みの少ない暗い構内は古い木造の匂いがしていた…。

敦賀から始発の新快速に乗りかえ、近江塩津から永原にかけてトンネルを脱けでたひときの、遥かに望める奥琵琶湖の湖面に目をやりながら、のこりの缶ビールをかたむけていると近江今津の停車をつげた、と同時に、しばらく停まる旨のアナウンスがあった。なんでも阪神間の豪雨で、東海道線に遅れが出ているらしかった。けっきょく、新快速は近江今津で取りやめになり、しばらく待って十二時二十六分発の京都行き普通に乗りかえた。

京都駅に下車すると、豪雨の影響は広まり琵琶湖線、神戸線、奈良線などが不通か大幅の遅れのアナウンスがあった。夜までに自宅につけばいいという、急ぐ旅でもなかったし、最後の青春十八きっぷで、もうすこし汽車旅がしたいところだった。京都駅から時刻どおり運転しているのは、山陰線の亀岡、園部、福知山方面の列車だった。

山陰線（嵯峨野線）三十二番線ホームに行くと、十四時七分発の快速・園部行きが待っていた。母がつめてくれた混ぜご飯を遅めの昼飯にしていると列車は発車した。高架になった丹波口から二条にかけての市街をながめていると、まだ福知山に住んでいた二十数年まえ、昭和のおわりころを思いだすのだった。お盆の十五日夜に起きた、福知山市の由良川河川敷での痛ましい花火見物の死傷事故に触発されたせいもあり、かつての福知山暮しに想いがいった。

京都・桂にある事務所で老ノ坂・亀岡バイパスの有料道路建設にたずさわっていたぼくは、翌春の開通をめざしていたさなかの年の暮れに、うつ状態きわまり出社拒否になり診断書で一カ月ほど休んだ。開通後、うつ症状はなくなり、その夏、福知山市に転勤となった。しかし秋も深まるころ、またしてもうつ状態となって、ある日、幼稚園児の息子をつれて、診断書を書いてもらった長岡京の精神科病院を再訪した。急行「丹後」二号に乗って、名建築の木造駅舎・二条駅から歩いて阪急に乗りかえ、長岡天神に行ったのだった。（とうに、急行「丹後」などはなくなり、二条駅舎も高架になり移築された。）

園部行き快速は、二十数年ぶりになる保津峡を車窓にみて亀岡駅に停車した。旧友Hの便りに、拙著を読んだらしく、こうあったのを思いだしていた。《よく高速道路を利用しているので、本に出てくる地名は頭の中で、あの辺、この辺と思い浮かべることができ、…しかも嫁の実家の墓が亀岡にあるので、京都丹波道路も使わせてもらっている…》

二十数年まえ、建設にたずさわった沓掛インターチェンジまでだった京都丹波道路（老ノ坂亀岡バイパスの延伸）が、この春に沓掛から長岡京を通り大山崎ジャンクションで名神高速道路につながった。わずかながらだが、この建設にも関わったこともあり、かつての桂の事務所での老ノ坂・亀岡バイパス建設のころを思えば、感に堪えないものがあった。

園部で福知山行きに乗りかえて胡麻駅で下車した。別に目的などなかったが、時刻表をめくっていると、福知山まで行くと、福知山線経由の鈍行乗りつぎでは、神戸に帰るのは、かなり遅くなるとわかり、丹波の小駅・胡麻で折りかえすことにしたのだ。ちょうど丹波高原の保津川の支流と由良川の支流の分水嶺がこの付近らしい。胡麻駅のプラットホームで、丹波の山里の野山をながめながら鈍行列車を待っていると、京都行き特急「はしだて」四号が通過していった。あれは、福知山市に住んで二年目の夏、まだ幼稚園児だった息子とこの山陰線の特急に乗ったことを思いだしていた。

《一九八九年　夏

八月五日（土）

事務所を十二時に、さっと逃げるように帰る。文人を今日は鯖江に連れて帰ることになっていた。一時の小浜線に乗るつもりが、またグズグズ言いだして、行くのをあきらめた。フサはしかたないと、パーマをかけに出かけたあと、泣きじゃくる息子に、

「どうして行かんのや」と聞いてみた。

「ほんとは行きたいんや、おじちゃんとこで遊びたい」と、か細い声で啜り泣きながら言

った。フサが出かけたのが、ふたたび文人に決心をつけさせたように感じた。もう小浜線は遅い時刻しかなかった。時刻表をめくりながら、山陰線・京都まわりでいこうと決めた。特急乗りつぎで少し贅沢だと思ったが、文人の決心がまた変わらないうちにと、二人で福知山駅にむかった。

特急「あさしお」は割合に空いていてすぐに座れ、まもなくやってきた売り子から缶ビールを一本買った。文人は絶えず話しかけてくる。黒田三郎の詩集をひろい読みしながら相手になっていた。特急は速い。一時間で亀岡、まもなく嵯峨野の竹藪が目に飛びこんできた。京都駅に下りると駆けるように緑の窓口に行き敦賀までのQ切符を買った。四時二十五分の特急「雷鳥」にすべりこみセーフ。混んでいたが中年の男性が席を隣に移ってくれて、また二人ならんで座れた。こんどは文人にジュースを買ってやり、わたしは我慢のひと時。西大津を出ると敦賀まで停まらない。右手の車窓に琵琶湖が見えてきた。おととし、長岡京に住んでいたとき、一度だけ近江舞子に泳ぎにいった。今日も水泳客のパラソルが浜辺に見えかくれしていた。

五時二十分、敦賀到着。「さあ、おじさんの車が待っているぞ」と文人に声をかけて雷鳥を下車した。改札を出たところで、おふくろが待っていた。駐車場の父の車のところまでいき言った。

「じゃ、俺はつぎの大阪行き雷鳥に乗るから、ここで…」

文人が、おふくろに手をひかれて、父の車に乗ったが、いやがるふうには見えなかった。文人とおふくろが手をふって、車が遠ざかっていくのを見ながら、わたしの胸はなにかに締めつけられるように感じた。

売店で缶ビールと烏賊の塩辛を買い、また改札をくぐると四番ホームにはいってきた雷鳥に乗りこんだ。明日は日曜だから一緒に実家にいってもよかったが、そうすれば帰るとき、また文人がついて来ると言いだすのが目にみえているから、あえてとんぼ返りをした。

列車が近江塩津を過ぎて、車窓から見えてきた琵琶湖は暮れはじめていた。

京都駅で、またすぐ特急「あさしお」に乗りかえた。今日は鴨川で納涼祭をやっていると新聞で知ったが、途中下車して見にいく元気はなかった。ワンカップ一本買い、車内にはいった。八時半、福知山駅に到着。

ひさしぶりに二人だけの夜をすごした。もう今ごろは、文人は鯖江の家で寝たろうかと思いながら、急速に元気がなくなっていく自分がわかった。

六日（日）

七時まえにフサはいつものようにパートに出かけていった。起きて傍らに文人の布団が敷かれていないのを見ると、あらためて寂しさがこみ上げてくるようだった。空はどんよりとした天気で洗濯をする気もしなかった。また文人がいないことで洗濯物も少ないのだった。ＦＭでクラシックを聴きながら遅い朝めしを食って朝刊を読みおえると、身体の力がぬけ出たように花茣蓙に横になり、本をひろい読みしているうちにまどろんでいた。フサが帰ってくる時間の少しまえに起きあがって、空漠とした心身で机にすわり煙草を一服した。休みの日だというのにこころの内奥にぽっかりと大きな穴が空いているようで、ワープロにも読書にも集中できなかった。

夕方、フサが散歩しようと言うので、宿舎から由良川の堤防に上がり、ぶらぶら歩いて音無瀬橋辺りで魚釣りをしている家族連れをながめたりした。わたしは、ここにいま在るということが、近ごろの自分の不安な状態をつくりだしているように思えた。新天地を見出して、いまの境地を脱けだしたいとでも。

ＮＨＫのドラマを見た。広島で原爆にあった男が記憶喪失になり、それを精神科医の手助けで徐々に記憶を回復していくという物語だった。十一時、ふたり布団にはいる、二日目の文人のいない夜。》

この春、三十になった息子が嫁さんをもらい独立した、言わば「迷い子札」を取りはずして新生涯に…といったところだった。(もっとも親の方が、子にかけた「迷い子札」にすがっていたのかもしれないのだが。)

胡麻駅から福知山発の普通に乗り園部で快速に乗りかえ、京都駅に着いたのは五時まえだった。小旅の仕上げに、デパートの地下で伏見酒を買いこんだ。まだ神戸線のダイヤは乱れてはいたが、ちょうどはいってきた快速電車は空いていて、長岡京を過ぎて暮れゆく車窓に天王山が見えてきた。と同時に、かたむけていた伏見酒の小グラス越しに、今春、大山崎ジャンクションにつながった京都縦貫自動車道(京都丹波道路)の長大橋が目にはいってきた。

(「青磁」32号・二〇一三年十月)

田舎の旧友

師走にはいった日、いまは坂井市立となった丸岡図書館の二階・会議室にいた。「『梨の花』の会」で、中野重治に関わる拙著のことなど、とりとめのない話だが、十人ほどをまえにしていた。突如、天から鳴り響く、裂けるような音がした。ああ、雪雷（ゆきがみなり）だ、とわかった。四十年ほどもまえ、まだ高専生のころ母校の図書館で聞いたような気がした。ひさかたぶりに、越前の初冬に行きあった思いだった。

中野重治文庫記念・丸岡町民図書館が落成したのは、昭和五十八年五月だった。ぼくは勤め先の富山市にいて、車で鯖江に帰省する途中のぞいた記憶がある。四月に生まれた息子を乳児用の手籠に入れて、妻と一緒だった。

その息子が来春、婚儀の手はずになっていた。

図書館での用もすみ、「梨の花」の会・代表Sさんの車で、雨中、福井駅頭まで送ってもらった。夕暮れには、まだすこし早いなァと思っているところへ、見知らぬ番号のケータイが鳴った。

田舎の旧友・Hだった。この秋、小中学の四年ぶりのクラス会があった。いつもの正月かお盆でなく秋の連休のときだった。そのとき欠席していたHのことが、二次会でかなり酔っていたときに誰やらが噂話のようにしているのが聞こえた。「…は、いまごろカタマチででも遊んでるんやろォー」「へえー、Hも、いまでは飲めるようになったんか」ちょっと驚きと、疎遠だった歳月をおもった。前々回のクラス会の幹事をしていたのはHだった。直前に福井豪雨（二〇〇四年七月）があり開催が危ぶまれたが、彼から直接の電話で連絡があり、お盆に開催された。それ以来、彼とはあっていなかったが、その時も当たり障りのない言葉をかわしたにすぎなかった。息子が生まれた年の七月、ぼくは富山市から転勤で大阪・八尾に住むようになった。その夏の一日、車で帰省し越前海岸に海水浴に行った、まだ三カ月ほどの息子を手籠に入れて。遠い記憶だが、厨の浜茶屋に、Hも一緒にいたような…。そのころを境にして、彼とは私的なつき合いから遠ざかったのだったろう。

秋も深まったころ、「『梨の花』の会」の話し手の一人を頼まれ、十二月一日に丸岡に行くことになり、Hはどうしているだろうと思い、噂話にふれた一文と拙著『残影の記』を送った。一週間ほどして便りが届いた。

《久しぶりです。長い月日の中で、名前まで忘れて「秀樹」となってしまったな、正しくは「英樹」です、お忘れなく。

噂のように、片町（福井一の飲食街）でなどということはないです。しかしながら、大阪の北新地には時々行っているのが実情。かれこれ三年ほど同じ娘に会いに行ってます。酒も飲まずによく行くと思うことでしょうが、酒だけではない楽しみもあるということを知った北新地です。

四冊目の本の出版ということで、とりあえずおめでとう！　かな。届いたばかりなので、まだ読んでいないのだけど、読ませてもらう、どうせ酒の話だろうと思っているのではあるけど、本を出す人間も周りにいないので、読んでやるよ。

久しぶりなんだけど、最近、マサミチのことを思い浮かべていた。昔、病院にはいったことを思い出して、あれは何だったんだろうかな、元気にしているのかなァー、とかね。いつも車で喫茶店をはしごして、何を話していたのかも覚えていないけど、女っ気もなく何が楽しくて集まっていたのか不思議です。Ｉも独身で生きてるよ、あいつの母親もなくなり、うちの父もなくなったけどな。両親は元気なのかな、この年になると親との別れや痴呆と対峙しなければならず、自分もふくめて年を経たものだと痛感する毎日です。

楽しみといってもこれといってなく、子犬のレンと戯れているときが一番かな。大事に飼っていたマルチーズの小雪が急になくなってしまったので、生まれた子犬で気をまぎらわせている。

とりとめのない内容ではあるけれど、どこかでは繋がっているんだと改めて感じた本日です。再会できればと思っています。

読んだら感想でも書いて送るよ。

See you again

P・S

昔、キャバレーに連れていってもらったことがあったよな。その時は落ちこんでいた時なので、それをきっかけに立ち直ることができた。そのことは忘れてないよ、ありが

とう、ド助平…殿！》

彼の便りを読み、ひさしぶりに旧交をあたためた感があった。若かりしころのHとの無為や愚行など直截に記していて感心した。〈キャバレー…〉とは、いつごろのことだったろうか。記憶になかったが、思いあたるとすれば、ぼくの初任地・彦根時代だろうか。袋町やときには京都まで出かけてキャバレー（ピンサロ？）通いをした時期があったのだ。彼はそのころ、東京の有名私大の学生で、ぼくは、一度上京して彼の寮（高田馬場駅ちかくの県だかの寄宿舎だった）に泊めてもらったことがあった。こちらは、安サラリーとはいえ気前よく歌舞伎町などの店へいったのだろう。

十二月一日、丸岡図書館に行く旨したためて、時間があえば、とケータイ番号も書いて、便りを出した。

《十一月六日

本を読ませてもらった。

あれは何時のことだったか。突然、一本の電話が鳴り響いた。

「Hさんですか？　むすこが……」マサミッちゃんの母親からの悲痛な電話だった。あとは言葉がつづかなかったが、精神病で病院にはいったことは理解できた。あれから完治していない様子がうかがえる。しかし、原因て女だったよな、家人は知る由もないのかもしれないが、知った日には「この馬鹿モノが！」と言われそうだ。

俺には文学に興味はないが、関西を拠点に活動しているマサミッちゃんの本のなかに出てくる彦根、ジャズ、堂島、亀岡等々なつかしい地名が、ナエル？　本の内容に刺激を与えてくれる。

彦根といえば若かりし頃、みんなで行ったよな、誰々いたのか憶えていないが、男五人ぐらいで行ったのかな。それ以来は行ってないが、近くの長浜・黒壁スクウェアには行ったことはある。

よく高速道路は利用しているので、本に出てくる地名は頭の中で、あの辺、この辺と思い浮かべることができ、活動しているのが具体的に理解できるよ。意外と…公団（いまはちがうか？）にお世話になっているんだよね。嫁の実家の墓が亀岡にあるので、京都丹波道路もつかわせてもらっている。

まあ、何より堂島アバンザに事務所があって勤務していたとは驚きだ。ジュンク堂も行ったよ。何冊か本は買ったが、『木村政彦はなぜ力道山を殺さなかったか』という本を買った。衝撃的なタイトルの本ではあるが、プロレスをよく見ていたこと、力道山が刺されて亡くなったこと、その死の裏には北朝鮮に行くのにヤクザ間の面子の問題があったこと等、バラバラな知識があったこともあり、分厚い本ではあるが手が出てしまった。中身を云々書かないが、柔道の歴史、プロレスの歴史、空手（大山倍達）の歴史、その裏で動くヤクザのことを知ることができた。

堂島アバンザは北新地に行くとき、時間合せで立ち寄る場所だからなつかしい。煙草を吸いながらジジイの俺に似合いもしない同伴の待ち合せなんだよな。酒も飲まず何を楽しみにしているのか分からんが、喜んで？　待っている娘がいると思うとやめられん。確かにロートルの域にも達していると思うが、頭の中はそうなっていないのが人の常、肉体的にも外見的にもロートルにもかかわらずに。

しかし、車を運転していないというのは驚きだ。若いころ、スカイラインでよくあちこち喫茶店に連れていってもらったことを考えると時代が過ぎたんだなァと考えてしまうが、まだ老けこむには早いから若い女の子と遊んでみてはいかがかな。

ジャズについては最近聴くことも少ないが、「Ａｕｔｕｍｎ　ｌｅａｖｅｓ」のはいった曲がお気に入りで五、六枚もってるね。マイルス・デイビスとキャノンボール・アダレイの「枯葉」は最高で何十回も聴いたな、キース・ジャレット、ほか名前を覚えていないが、「枯葉」はいい。大阪ではジャズがBGMになっている店がほとんどなんで、ジャズって意外と身近な音楽だし、BGMにはベストの音楽だよな。テレビではロムニーとオバマの大統領選をやっている。どうせ飾りの大統領にすぎないのに何を騒いでいるのか、十数年前から米国の言うことを聞いていたら、日本や世界が、幸せになることはないと思っていたが、まさに現実だな、原発、テロ、円高、TPP、何をしたいんだ、アメリカ!

十二月一日、会える時間があるかどうか分からないが、また連絡するよ。手紙も学生のころ以来だから、よくやりとりしていたことを思い出してなつかしい、ほとんどメールの世界だからな。

ま、体を大切にしてくれ、また連絡する。》

夕暮れて、福井駅西口にHの車が止まった。どこへ行こうかとしばらく思案した彼は、車を走らせ東口の駐車場へ入れて、駅構内の居酒屋を案内してくれた。そこはこの春、編集工房ノアの涸沢さんと越前紀行の仕上げに、地酒を飲んだ店だった。彼は酒好きのぼくのことを考えてくれたのだ。

生ビールを注文して、ウーロン茶の彼を尻目にジョッキをかたむけながら、ひとしきり秋のクラス会のことを話した。二次会は欠席で返事をだしたのに、二十人ほどで連れだって独り暮らしのMの家に行き深夜、酔っぱらうまで飲んでしまったこと、相変わらずだなァという顔つきで聞きながら、彼はぼくの知らない同級生の動静のことなど話した。

彼が手紙に記していた親の痴呆、介護の話になった。去年、老いて弱った父親が認知症になりそれも急にふかまり、そうこうして亡くなったという。いま、母親が徘徊するようになり、市の介護認定が認められず自宅介護をしているとのことだった。たしか、高専の旧友・Kの母親は認知症で施設にはいっていると聞いたのは二年ほどまえだったか。還暦まぎわのわが世代は、自分の老いの兆しと親の介護が、切実な問題としてせまっているのを実感した。

生ビールを飲みほし熱燗をたのんで、彼はもう一杯、ウーロン茶。鱈の白子をアテに杯をふくみながら、彼の手元をみると、スマホというのだろうか新しいケータイを出して、地図を見せて堂島アバンザのある北新地界隈を拡大していた。北新地での娘とのことが幾分不審におもわぬでもなかった。五年勤めた堂島アバンザビルからの帰途、北新地をあるくと胸を大きく開けたグラマーに魅せられたことが何度もあったが、分相応というコトバがよぎったものだった。

一時間ほどして居酒屋を出て、彼の車で戸口坂を越えてぼくの実家まで送ってもらった。戸口町の家は、彼は初めてだったろう。平成になった年、河和田地区のとば口・別司町から一集落西の今の家に移ったのだが、前の家には彼はしばしば来たものだった。車を降りるとき、ぼくは言った。

「もうすぐ還暦、これからはクラス会のときといわずに、年に一回くらいはむかしの好を再開しようや」

年が明け三月も終わろうとするころ、田舎の母から電話がかかった。いつもの声とちがって忍ばせるように、

「あのお、急なはなしやけどォ、Hさんなくなったんやと」と告げた。

「うむ、なんと？」あとは、声にもならず絶句した。

四月末、鯖江に帰省し、Hのことを知る二三人に聞くと、介護疲れに、夫婦仲も冷え、

四面楚歌のような状態になり自死したのだろうという話だったが、真相はわからなかった。

（「黄色い潜水鑑」58号・二〇一三年七月）

III

うるしの里と西洋史家

一

ことし（二〇一三年）正月、鯖江の家に帰省して二階の本棚のある自室で一冊の本を開いた。杉浦明平の『本・そして本』（一九八六年・筑摩書房）で、「一月一万ページ」の項に、こうあった。

《藤田五郎や高橋幸八郎は相当の悪文だが、それでもむりじいに目を走らせれば、損をしたことにはならぬ。…》

そういえば、杉浦明平（一九一三〜二〇〇一）と高橋幸八郎（一九一二〜一九八二）は、同じころ第一高等学校、東京帝国大学で学んだはずで、ことしの高橋幸八郎・事始めだった。

三月二十日は春分の日で祝日の水曜だった。買物と散歩がてら名谷駅まえまで行く途中、団地の街路樹のコブシが開きはじめた。桜の蕾もふくらんで、ことしもどうやら春が闌《た》けた観があった。

自分には短詩型の才はないので作ろうとは思わないが、新聞の俳壇、ときには歌壇をながめるのが、このところ習慣になっている。家で取っているから朝日俳壇は毎週みるが、ちかくの北須磨文化センターで日経俳壇と毎日俳壇は、気のつくかぎり目をとおしている。知った名がしばしば載るのだった。

今週の毎日俳壇（三月十八日掲載）の西村和子・選の一席に次の句が載った。

一滴に一音春の遠からじ　鯖江市　木津和典

この作者は、わが母校・河和田中学（以下、河中と略記）の恩師である。十年以上もまえに全国紙の俳壇やNHK俳句などで、お名前を拝見していらい、拙著などもお送りして、ときおり便りをいただいたりしている。ことし年賀状の返事に（こちら、若いときから物ぐさで年賀欠礼)、拙文の載った『青磁』三十号をお送りしたところ、丁重な越前和紙の便りが届いた。そこに興味深い文章があった。三十号には、「異形の『地方前衛』(六)」という文章があるのだが、それにふれられていた。

《土岡秀一氏の作品のうち、「櫃尾」さんは(櫃尾正次氏のことではないかと思うのですが)、もう一人、八田豊氏の二人は、実は南越中学校に勤務中に机を並べて仕事をしたかつての同僚です。記述されていることは、小生の記憶以外のこともいろいろ触れてあるので念入りに読んでいます。…》

南越中学というのは、わが河中の隣接校(鯖江市の隣で当時は今立町・現越前市)になるが、廃校になった一学年百人足らずの河中とちがって、かなり生徒数の多い中学だったはずだ。

福井あるいは南越(文字どおり南越前だろう)は狭いなァという感じをうけたが、その感をまえにもあじわったことがあった。

昨十二月二日、『青磁』三十号発刊の記念会を、福井市街の大名町交差点ちかくの〈グリル葵〉でやったときのことだ。三十号ではじめて参加したのだが、主宰の定道明さんの口上では、挨拶はいらないとのことだった。が、宴なかばには、出席者全員が何らかの言

葉を求められ、ぼくも、

「いまは神戸住まいですが、生まれは鯖江の河和田のとば口の別司《べっし》というところで…、学校は福井高専を六年かかって卒業し…、中野重治にかぶれて…、転勤族で阪神大震災にも遭遇し…」

などと、まとまりのない話をすると、隣に座っていた農民詩人だという年齢八十くらいの小柄な人は耳がすこし遠いらしく、くぐもった声で言った。

「むかし、震災のあとやけどォー、福井から丸太を荷車に積んで、どのくらいかかったんやろのォ、たしかァ戸口の坂をこえて、ミワ製材所までセイザイしてもらいにいったことあるざァー」

父はぼくが中学生になった昭和四十二、三年ごろ小さな製材所をはじめて、阪神の震災(一九九五年)のころ古希をむかえて廃業したのだが、福井地震(一九四八年)のころ、父は二十代前半で、たしか在所で叔父がやっていた製材所の仕事をしていたようだ。農民詩人のいうミワ製材所は、父の叔父の製材所だったろうか。ぼくは、まだ学齢まえ、保育園から帰ってくると、新家《しんや》の製材所の家に上がりこんで、当時そこらの家にはなかったテレビのまえに座り、ひとり大相撲をみていた遠い記憶がある。昭和三十年代なかば、栃若時代後半から若き柏戸・大鵬の台頭期だった。よく、父母からからかわれたのはその二三年後、小学の低学年になって、家のテレビで大鵬が負けるのをみて、ぼくは泣いたという恥ずかしいような想い出も…。

南越の地勢を、司馬遼太郎は『街道をゆく18—越前の諸道』の「紙と漆」で、こう記述している。

《この日、午後に武生《たけふ》にたどりつくべく、戸口坂《とのくちざか》（戸口峠）を南へ降りた。峠を降りきると、上戸口《かみとのくち》、中戸口、戸口というふうな順で、小字《こあざ》の家々が、道路から望見できる。

南下してゆく道路の左手は、足羽《あすわ》郡・今立《いまだて》の山地の余勢というべき山々である。隆起は低く、山脈が竹藪などでおおわれていて、越前風の農家が点在し、いかにも里という感じがする。…》

河中で木津先生には英語を習ったのだが、三学年の担当だったはずだがクラス担任の先生ではなかった。英語の成績がいくぶんよかったせいもあったのだろうが、高専に進学する予定のぼくに、高校の普通科の方がいいのでは、と言ってくれたことがあった。いま思えば、五カ年一貫教育の中堅技術者を養成する高専に、南越中学、中央中学などのマンモス校で教えてきた木津先生は疑問符をいだいていたということだったか。ぼくの高専六年暮らし、その後の超低空飛行の宮仕えを、ある意味ではいいあてていたとも…。もうひとつ、河中での先生のことばの記憶。熾烈な競争のマンモス中学に比べ、いい意味では穏やかで親密な仲間うちといえたが、ひるがえれば積極性のない（イモ気？）の河中生徒が歯がゆかったのか、〈不言実行〉ならぬ〈有言実行〉をモットーにせよ、といわれたことだった。このごろ、還暦まぢかにして、〈有言実行〉のことばの必要性を感じるとともに、やはり小中学と九年間、通学した河和田の山河には、なつかしいものがあった。

年初めに、ひさしぶりに会ったむかしの同級生と語らった天王寺の一夜が、いまさらのことのように思いだされた。

二

二〇一三年が明けて四日は年休をとり、七日の月曜からことしもすまじき宮仕えが始まった。週末、十一日の金曜、終業まえの時間休（３Ｈ）を取って、四時に大阪駅、連絡橋改札口に着いてしばらくするとケータイが鳴った。相手は、宮崎から出てきた小中学の同級生S君だった。彼は関西の企業に就職したようだが、数年して宮崎の日南市へ養子に行き、市の職員になったらしいが、くわしいことはわからなかった。というのも小学校のある時期こそ親しかったものの、中学を卒業してぼくは高専、彼は工業高校に進み、それ以降は中年になってから同窓会で出あうまで、ほとんど知ることもなかったからだ。

わが小中学校は、一学年三クラスで百人足らずの生徒数だった。鉄筋コンクリート造りの小学校の校舎の隣に戦後まもなく建てられた木造校舎の中学校があり、小学を終えると、そのまま隣の中学にはいった。学区は河和田地区のみで、つまり、小学一年生から中学三年生までクラスは別になっても、同級生の顔はまったく同じだった。

河中、昭和四十五年度卒の三クラスの同窓会は、ほぼ四年ごと、オリンピック開催の年に開かれるようになったのはいつごろからだろうか。ぼくは、二十代なかばに精神の病におちいり一旦持ちなおしたが、三十代の宮仕えは、かつかつの超低空飛行だった。抗うつ剤や安定剤などを必要として、どうにか勤めていて、むかしの同級生に会うのは気のおもいものがあり欠席がちだった。抗うつ剤から遠ざかったのは、三十代終わりの年、一九九四年の夏ころだった。翌年、一・一七の阪神大震災で、前夜酔っぱらって三宮のサウナに泊まり、震度七の揺れに遭遇したものの悪運つよく生きのび、四十代からのクラス会には、ほぼ出るようになった。だいたい、地元の鯖江や近隣の市町にいる者の出席が多いのだが、近畿・中部圏のほかに、ひとりだけ遠方の九州・宮崎から駆けつけてくるSがいた。市役所勤めらしく、いつもネクタイをして小ざっぱりとした服装をしていた。彼も四十代になって日暮らしにも落ちついてきて故郷恋しさだったろうか、けっこう出席していた。十年ほど前のお盆のときだったか、気持よくほろ酔いで彼と話していると、こう言った。

「そういえば、マサミッちゃんの家に行ったことあるけど、妹さん、アキミちゃんといったっけ」

あれは小学の三、四年生のころだったはずで、ぼくの誕生日に親しい友だちを三人家に呼んだことがあり、その一人がS君だった。いまでは孫が二人いる妹なのだが、遠いとおいむかしの妹の名を覚えていた彼の記憶の良さに感嘆したのだった。前回、二〇〇八年の同窓会で、彼に拙著『酒中記』を手渡したのだが、去年は、正月か盆の開催でなく秋の連休の時期だったせいもあり、彼は市議会の開催があるとかで休めなかったらしく欠席した。

二〇一一年十一月、『残影の記』という四冊目の本を上梓したが、「「きたぐに」まで」と題した一編を所収した。そのなかに、柳田國男が明治四十二年に旅した「北国紀行」の一節を記した。

《六月二十二日、火よう、雨

…／鯖江下車、今立郡役所の窪田書記出迎へ、三人にて人力車を列ね河和田の村に行く。…県の漆器産額二十万円の中、十一万円は此村より出づ。…以前は片山塗と呼びしが、今は小坂にても又郡の某村にても追々に作り始めたり。》

拙著を定道明さんに送ったところ、「むかし、河和田の村を歩いたことがありました」と記した便りと『青磁二十八号』が送られてきた。そのなかに定さんの「風を入れる」と題した小説が掲載され、末尾にこうあった。

《…当主が笈を負って東京へ出て、そのまま大学の教授になり、定年退職してから自分の生れ故郷である漆器の里へたまに帰って来て、プレハブを建てて住んだという屋敷を加納は訪ねたことがあった。…屋敷内に残っているのはこのプレハブと、背の高い樅の木だけ。いかにもアンバランスで加納は哀れを覚えた。長く田舎を離れていた教授にとって、家の維持はむずかしかったのだ。…

「先生がバスから降りなさって、ここまで歩いて来る途中、風呂敷包みから本がポトリポトリと落ちてしまいましてなあ。酒が好きな先生でしたさかい、汽車の中でしこたま飲んで、いい気持ちになって、本を持っていることなんか忘れてしまいなさったんやろ」

加納が件の教授屋敷を通りがかりの老女に質ねた時の言葉だ。》

定さんのこの小説を読んで、漆器・うるしの里、河和田に想いがいった。柳田國男の文章に出てくる小坂という地名は、いまは河和田町になっているが、河和田地区のほぼ中央にある。ぼくは学区の西端の別司から小坂を通って西袋まで、二キロほどを小学は徒歩、中学は自転車で通学した。旧小坂に、家が醬油屋をしている高橋という級友がいて、なんでも伯父さんだかに、東大の先生をしているエライ学者がいる、と小中学のときいたような遠い記憶がよみがえってきた。

ケータイで連絡はとれて一安心し、「いま、阪神デパートのみえる大丸の…物産展のところ…」というので、連絡橋改札口から大丸の方へいき人混みの多いなか探してみた。しばらく行きかう人をながめたのち、また改札口の方に後もどったりしても、それらしき男は見あたらなかった。ケータイの物言いを思いだし、「もしかして阪神デパートの方に…」と考えて、大丸の一階に下りて横断歩道で待っているとき、ふりかえって大丸の一階の入口の方をながめると九州物産展の看板のあるところに、ひとりの男がみえた。

五年ぶりに会う、日南市役所勤めのS君だった。

夕暮れまえの大阪駅構内の新装なった〈時空の広場〉から長いエスカレーターを上がり、風の吹きすさぶ〈天空の農園〉を案内していると、身体が凍えてきた。阿倍野の目指す飲み屋に着くころは〈逢魔が時〉、ちょうど飲むにいい刻だろうとJR環状線に乗った。

天王寺駅を下車し、日本一の高さを誇るという超高層ビル建設中の阿倍野ハルカスをながめて、筋向いの再開発ビルの奥まった一角に新装なった居酒屋〈明治屋〉にはいった。かつて阿倍野筋にあった古い木造平屋の明治屋に初めてはいったのは、もう三十年ほどまえになるだろうか。大阪・藤井寺市勤めになって社宅が八尾市にあり、週日はバイク通勤であったが、土日は妻子をつれて天王寺界隈をぶらついたりしていた。そのころ知りあった小説家に川崎彰彦さんがいて、〈竹藪〉という随筆の会に誘われた。中年の女性を主体にした、男は二三人だけの集まりだった。場所は梅田の北市民教養ルームだったが、ときおり二次会に天王寺に出ることがあった。会は平日の昼すぎに始まり、二次会のころでもまだ明るかった。阿倍野筋を南に下るとユーゴー書店があり、すこし行ってチンチン電車の走る車道のむかいに、由緒ありげの古びた居酒屋〈明治屋〉がみえた。川崎さんの連作短編集『夜がらすの記』の珠玉の名編「青西センセ片々録」には、こうある。
《会が終っても日はまだ高かったが、昼間から開いている阿倍野の居酒屋《大正屋》へ三、四人で出かけた。…埴原真理がほろ酔いになったところで、もう一軒、谷町六丁目の《ヂンダレ》まで足をのばそうということになった。》
川崎さん記すところの会は、ぼくらの集まりとは別の詩の会なのだが、〈カーリーヘアに純白、半袖のパンタロンスーツというういでたちで〉の埴原真理のモデルのHさんと、のちにぼくは出会い、『夜がらすの記』の世界が身近になったものだ。

むかしの意匠をのこした明治屋のカウンターに腰掛けて、冷えきった身体をいやすべく、まず熱燗で乾杯した。S君とは、近年おおよそ四年に一度、同窓会で会うとはいっても、幼なじみの同級生の仲間といっしょに飲むのであって、ふたりで居酒屋で飲むというのは、むろんはじめてだった。去年の同窓会に来なかった彼に、晩秋のころ拙著『残影の記』を送ったところ、葉書で読後の感想が記され、末尾に年明けたら大阪に行く用事があるので、一杯やろうと約する文面があった。中学卒業してからのながい空白期間もあり、会話も途切れるのではといった不安もないではなかった。年末に、福井市内が発行元の『青磁』三十号を宮崎の彼に送った。拙文「荒木山雑記」には、父の持ち山での作業日録に、河和田が生んだ西洋史学者の高橋幸八郎に少しだけふれていた。送ったのち、彼の伯父さんだかのエライ学者、そしてそんなエライ人を身近にもった彼は思春期に苦しんだ…といった忘れかけたむかしの噂も想起したりした。

熱燗を飲みほし、さすがに宮崎暮らしが長くなったせいだろう、焼酎のお湯割りを彼は注文した。ぼくは熱燗ではなく福井の地酒・黒龍を頼んだとき、S君が肩掛け鞄から一冊の茶色い表紙の冊子を取りだして手渡してくれた。そういえば、三十年ほどまえの明治屋では、焼酎のお湯割りは急須をおもわせる備前焼のような入れ物で出てきたはずだが、カウンターの彼のまえにおかれたのは、どこの居酒屋にもあるような大きめのコップのお湯割りだった。

越前和紙だろうか漉いたあとがのこるような表紙の中央に〈高橋幸八郎教授をしのぶ〉と筆で書かれた白い紙を貼りつけた素朴な手づくりの冊子だった。本文八十二頁で、奥付には、昭和六十三年三月三十日発行／編集者・青山靖男とあった。〈あとがき〉によると、青山氏は小坂の高橋家の隣家に育ち、幸八郎逝去のとき河和田小学校の校長を勤めていて、東京での学会葬に参列し、高橋教授の七回忌の御霊前に追悼集を編んだと記されていた。

S君は、お湯割り焼酎を口にふくみながら、冊子に付箋をつけた五頁の「回顧……小学校の同級生（従弟）・高橋与八郎」というのを示して、「これ、もう亡くなったけど父の文章」と言った。そうか、幸八郎は彼の伯父さんではなく父親が従弟だったとわかった。

彼は、肩掛け鞄から、こんどは『青磁』三十号を出してきて、言った。

「マサミッちゃんの「荒木山雑記」に出てきた〈生家跡のプレハブの小屋〉というのはちょっと…、平屋で小さかったけど、それでもちゃんとした瀟洒な木造家屋だったはずやけどー」

定さんから便りと『青磁』二十八号をもらった一年ほどまえ、河和田生まれの西洋史家・高橋幸八郎を再認して、しばらくして行きつけの神戸市立中央図書館で二冊の本を借りた。高橋幸八郎著『市民革命の構造』で、奥付に、（昭和二十五年十二月第一版第一刷発行／昭和四十一年十一月増補版第一刷発行・御茶の水書房）と、著者名したに本名・八郎右衛門とあった。この本はおそらく大学の教科で使われた専門書のようで、むろんぼくの理解を超えた。もう一冊は、今谷明・大濱徹也・尾形勇・樺山紘一・木畑洋一編『20世紀の歴史家たち（1）』（一九九七年七月初版一刷発行・刀水書房）だった。この本は「日本編」と「世界編」の四冊からなる、それぞれの上下二巻のうちの一冊だった。目次には徳富蘇峰から始まり柳田國男、…、平泉澄、…野呂栄太郎、宮崎市定、…大塚久雄、高橋幸八郎、石母田正と、二十名の人があがっていた。ぼくが名前を知っていたのは、おおよそ三分の二くらいだったが、福井生まれの平泉と高橋の二人に興味があった。かたや日本中世史を専門とする皇国史観のイデオローグ、こなた西洋経済史の講座派理論の継承者として学会に登場した歴史家。

高橋の遺著となった『近代史の比較史的研究』（一九八三年六月刊・岩波書店）の〈あとがき〉には、高橋の亡き恩師ルフェーヴルに捧げたという追悼の言葉が掲げられている。

《われわれは科学的であると同時にロベスピエール的（革命的）である精神を維持しなければならぬ――それがわれわれの偉大な師、ジュオルジュ・ルフェーヴルの伝統である》

…それから一年ほどして、手づくりの『高橋幸八郎教授をしのぶ』に出会ったのだった。中津のホテルに泊まるという彼を地下鉄で中津駅までおくり、とどめの一杯に立飲みで焼酎を飲んで、こんどは宮崎で、と約して別れた。

土曜の朝、起きるとなにをおいても真っ先に、手づくり冊子に読みふけった。目次をながめると、前半に河和田小学校、旧制福井中学での同級生・旧友らの「回顧、追憶」がならび、後半の三分の一ほどは東大総長や友人代表・林健太郎を始めとした東京での葬儀・告別式での弔辞などが所収されていた。この追悼文集の興味は前半の、なかでも田舎での高橋幸八郎の姿に身近に接した地元の人の声にある。小学校の同級生で、戦後まもなく河和田村村長をつとめた林孝治氏の文章に、こうあった。

《…高橋君は京城帝国大学の助教授をやめて、小坂の高橋家に引揚げてきた。その時役場の村長室で「これからは日本は文化国家をつくり、産業を興していかなければならない。その為には、若き世代に期待していかなければならない」と話しをしてくれた。そして「文化月報」なるものを発刊したのである。当時、軍隊からの放出物資のわら半紙を利用した。青年団代表、若き青年教師、女子青年団代表、在村の文化人を集めて編集会議を役場や小学校で開いた。幸にして高橋君のようなすばらしいリーダーを得て、この「文化月報」はレベルも高く、内容も充実していてすばらしい会報であったと思う。》

これを読んで、かつて播州勤めのころ〈阿部知二の会〉で知った播州での終戦後の文化的な動きを想起した。疎開した姫路に戦後も数年暮らした作家・阿部知二を中心にして花ひらいたという文化活動だった。むろん、播州の中心都市・姫路と越前の片田舎の河和田村では同日の論ではないとしても、地方での戦後の清新な息吹が感じられるのだった。阿部知二は英国でのペンクラブの大会に参加のため東京に出ていき、高橋幸八郎も東大の助教授になり、河和田を去っていくのだが…。

さらに、ぼくに興味深かったのは、幸八郎の飲酒をめぐるエピソードの数々だった。そういえば、知二も、播州での飲酒のエピソードにこと欠かなかったのだが。「河和田を愛し、故郷人から愛された高橋先生」と題された荒木利夫氏の一文には、こうあった。

《いつの間にか、ちびりちびりの飲み方が変わってきた。「今の政府は馬鹿ばっかり寄っているんですよ。…あれ（ある大臣の名を言って）なんか馬鹿馬鹿ですよ。…」と痛嘆された。先生の顔は、こわばっていた。一升瓶は横になっていた。…

ある時、道でばったり出会った。「先生、どこへ」一度位声をかけても返事がなかった。……度の強い眼鏡の奥はやさしい目だった。兵児帯はだらだらと引きずっていた。右と左の違った下駄を履きながら、すたすたと行ってしまわれた。》

明治屋でS君と飲んでいたとき、小学生のとき、東大教授だった幸八郎が、しばしば小学校に来たという話になった。親戚のおじさんがエライ先生として、担任の先生もかしこまったりして、なんとなくいやだった、とむかしの苦いような記憶を語った。それらのことは、追悼記を編んだ青山氏の文章に、「帰郷毎に母校を訪問された先生」として、つぎのように描かれている。

《先生は、東大教授という身分でありながら職員室に入られる時は、来賓入口から入られずに、児童の出入口から入られ、職員室の末席に立たれ、全職員にお礼をされた後「東京大学教授、高橋幸八郎ただ今帰りました」といんぎんに挨拶され、…》

高橋幸八郎の年譜によれば、東大教授を定年退官したのは、一九七三年四月。ぼくらの河和田小学時代は、一九六〇年代のなかばであり、ちょうど教授の壮年期にあたり、しばしば帰郷されたころだろうか。むろん、ぼくの記憶に小学生のころの高橋教授の影像はのこっていないのだが、もしかすると河和田の先達として脳裏に刷りこまれていて、後年の学者好きの遠因にもなったかもしれない。

（「青磁」31号・二〇一三年五月）

わが「ハイウェイ」感傷

めっきり秋めいてきた十月末の土曜の昼下がり、ふと思いついて名谷の家を出て、地下鉄、ＪＲと乗りついで、吹田駅の一つ先、岸辺駅に下車した。つまり、週日の勤務地になる茨木の二つ手前の駅に下りたというわけだった。あたまにあったのは、会社で見た「交通の二〇世紀―吹田操車場九〇年・名神高速道路五〇年記念」というパンフレットだった。開催場所は名神高速沿いの紫金山公園というところにある吹田市立博物館で、まったく未知の場所だった。パンフには、岸辺駅北口から徒歩二十分とあった。

故川崎彰彦さんに「ハイウェイ感傷」という短編小説がある。初出は、川崎さんが北海道新聞・函館支社に勤めていた一九六三（昭和三十八）年九月、「函館勤労者文学」九号で、のちに『まるい世界』（一九七〇年・構造社／一九九一年・ファラオ原点叢書⑪）に収録された。作品は、極めてシュールな味わいで、完成間近の立入禁止のM―S高速道路の土手を這いのぼってはいりこみ、雨に濡れる舗装道路を幻想的に彷徨いあるくというものである。日本初の都市間高速道路になる名神高速の栗東インターチェンジから尼崎インターチェンジまでの供用は、一九六三（昭和三十八）年七月であり、川崎さんの「ハイウエイ感傷」の初出は、同年九月である。とつじょ、目の前にひらけたM―S高速道路を、こう描写している。

《ハイウエイは砥石のなめらかさで下降線をえがきふたたびふくれあがって地平のはてまで続いている。緑の中央分離帯をはさんで二本の白いレーンマークがなだらかな下降線をえがきふたたびもちあがって地平のはてまで続いているのだ。》

おそらく、春の休暇にでも函館から川崎さんの両親の住む大阪・茨木市に帰省して、実際に家の近くの名神高速道路の完成間近の道路をあるいたのだろうと思われる。その文章のあとには、ガードレールのところどころに電話が敷設してあると、きわめて実写的な道路付属物にもふれている。

岸辺駅北口から、かつての吹田操車場跡を跨ぐ、長い真新しい連絡通路をわたって十五分ほどあるくと、なんとなくこざっぱりとした参道に出、すすむと由緒ありげな吉志部神社に出た。この辺りいったいが紫金山公園であり、奥まった一画に市立博物館の建物が見えてきて、むかいから名神高速道路の法面《のり》に生える、こんもりとした樹木ごしに車の騒音が聞こえてきた。

すこしくすんだような博物館の催事場の入口で、観覧料二百円を払って入場した。はいってすぐの、吹田操車場の遠景（写真）と、航空写真二葉（昭和二十七年頃、平成十一年頃）に見入った。

二〇〇八年晩秋、堂島から茨木に支社移転とともに、週日のJR茨木駅までの通勤となり、吹田を過ぎて、左手車窓に広がる吹田操車場跡地をながめて、かつてのふるき鉄道時代を思ったものだった。ここは鈴木六林男の第三句集『第三突堤』（一九五七年・風発行所）の「吹田操車場」にある、〈寒光の万のレールを渡り勤む〉〈旗を灯に変える刻来る虎落笛〉の地だった。当時、操車場内のレールを継ぎあわせると大阪から岐阜に達したという。茨木勤めをはじめたころは、場内のレールはほとんど取りはらわれてしまい広大な野がひろがっていた。しばらくして、通勤の車窓に整地するブルドーザーや土運搬の大型ダンプが走り、その後、場内の舗装工事もはじまった。

五年の月日を経て、吹田操車場のレールを取りはらった跡地に、トラック輸送との結節点になる吹田貨物ターミナル駅ができたのだった。

《高速道路と貨物輸送》というコーナーの最初に、吹田ジャンクション（写真）があり、「名神高速道路工事概要」という冊子（日本道路公団名神高速道路第一建設局乙訓工事事務所作成・昭和三十六年一月）、社内報「道しるべ・第一〇六号（複写）—日本道路公団発行・昭和三十六年一月、国立民族学博物館・梅棹資料室」などながめていると感慨をもよおしてきた。

昭和五十二年に道路公団に入社したぼくは、名神建設の山科にあった事務所のことは聞いていたが、乙訓に工事事務所があったことを初めて知った。乙訓という地名は、いまは乙訓郡として大山崎町になるが、かつては長岡京・向日市の辺りもいったはずだ。もう四半世紀まえになるわが長岡京市に居住のころ、ちかくの長岡京址ゆかりの乙訓寺によく散歩に行ったものだった。

道路公団が民営化する二〇〇五年八月まで、社内報は「道しるべ」という名で変わらず存在し思いおこせば、かすかな記憶ながら一度、書いたことがあったはずだ。順番でめぐってきて、まだ二十代なかばの若気の至りで、社内批判ともいえそうな、末尾に〈行けいけ〈ドンドン〉の開発行政を、おちょくった一文をいれたのだった。

高速道路との、わが遥かなむかしの接点のかすかな記憶。まだ学齢まえ、あるいは小学生になったころだろうか。昭和三十年代なかば、夏になると国鉄・北陸本線の北鯖江駅ちかくの母の実家に、半月ほどもひとりで行って、三つ上の従兄と遊びまわった。あるとき、従兄が田圃のなかの小川で魚とりをしているときに言った。

「このへんのたんぼに、おおきなひろい道、じょうよう車やオートさんりんやらのトラックが、ものすごーう速くはしる道ができるんやと」

後年、北陸本線の東側に北陸自動車道の建設がはじまった。

北陸自動車道が加賀インターチェンジから武生インターチェンジまで開通したのは、福井高専の五年生を落第した一九七六（昭和五十一）年春だった。二度目の五年生の夏、田舎の友人の車で、彼に急な用事ができ加賀インターチェンジまで、はじめて高速道路を走った。まだ車は少なかったが、危なっかしい高速運転に助手席で、はらはらしたものだった。その年の秋、留年して成績のわるかったはずのぼくが、なぜか高速道路を建設・管理する道路公団の就職試験に受かることなど、むろん思いもしなかったのだが。

話題を師走に転ずる。

十二月七日の土曜、九年ぶりに上京した。じつに、民営化研修で千葉の幕張本郷にあった総合研修所へ行っていらいだった。むろん、道路公団は東・中・西と分割民営化されて総合研修所などはなくなった。とき、あたかも民営化委員の急先鋒だった猪瀬直樹氏は東京都知事に登りつめ、二〇二〇年の東京五輪誘致を実現し、まさに絶頂のさかりの歳末、「徳洲会」グループからの五千万円疑惑にゆれている。まあ、そんなことは、あまりぼくには関係ないのだが。

上京の目的は、〈中野重治の会〉の講演と研究の催しにあった。民営化研修の前年の晩秋、日帰りで会場の跡見学園女子大へ行っていらい十年ぶりだった。去年、催しに参加した人の話では中野歿後も三十三年ともなり、会場は寥寥たるもので会の存続も危ぶまれるというような状況らしかった。ことし届いた案内はがきに、講演・坪内祐三氏の「三十五年振りで再読する『藝術に関する走り書的覚え書』」とあり、上京を即決したのだった。

坪内さんの講演、その夜のこと、べつに「東京ぶらり旅」として記すつもり。

十二月八日（日）昼すぎ、JR御茶ノ水駅、下車。駿河台下に出て、東京堂書店の新店舗ふくろう店（民営化研修の帰りに覗いた坪内さんのそろえた本の棚があった）の場所はコンビニ店に。そういえば、東京堂書店本店（ここは、やはり重厚な品揃え）は健在だが、神戸・元町の老舗・海文堂は今秋にドラッグストアになった。九年ぶりの古書街も日曜で半分以上、閉店。

神保町交差点から白山通りを学士会館、如水会館を過ぎて、平川橋から平川門をくぐって皇居東御苑へ、むろんこのあたりは初めてで、さすがに徳川の城郭の規模壮大に感じ入る。二時五十六分、こだま号（JR東海ツァーの割安企画切符で指定された列車）に乗り遅れないよう時間を見計らいながら、だだっ広い東御苑を歩く。百人番所という江戸城本丸御殿の最大の検問所で与力・同心らがつめた木造の建物など目をひいた。

大手門を出て内堀通りをあるいていて、皇居外苑のジョギングするランナーの多さに閉口した。いつのころだったか、遥かむかし、皇居外苑をあるいていた記憶。そんなにこのあたりに来る機会はなかったから、たぶん道路公団の二次試験を新橋だかで受けた帰りに、ひまつぶしに中学の修学旅行でながめた楠木正成像をさがして外苑をあるいていたのだったか。一九七六（昭和五十一）年の秋、昭和天皇の在位五十年記念の式典かなにかが皇居であり、外苑をぶらついていているだけでも警備がきびしかったという記憶。

二時五十六分の発車に余裕をもって、復元した重厚な東京駅・丸の内駅舎へ。こだま号は、まったく車内販売なし、自動販売機に缶ビールなし（一時間に一本のこだまは、極力、人件費をけずって特急ならぬ在来線扱いで―なにしろJR東海は未来のリニア新幹線に意を注いでいるとでも)。

行きでわかっていたので、新幹線ホームで弁当、酒類を買って乗車。新大阪までの四時間弱になるこだま号、各駅停車(七〇〇系車両)、車窓の旅の出立だった。

閑話休題。

「彦根インターチェンジ付近の名神高速道路と東海道新幹線」と題された写真一葉、むろん今とは様変わりしているが、BK(大阪)NHKテレビの天気予報の滋賀地方の定点観測に出てくる場所だった。その彦根インターチェンジに、いまもある事務所が、ぼくの最初の職場だった。そのころの管理事務所の平屋の瀟洒な建物は三年間の勤めおえるころ、いまふう二階建ての変哲もない鉄筋コンクリート造りに建て替えられたが、かつての平屋の事務所の建物は、かの有名建築家の設計だとか聞いたことがあった。

次の《建築家たちの実験場》というコーナーの一画に、「名神高速道路(大津SA、栗東IC、茨木IC)設計図・鳥瞰図」(昭和三十八年)があり、設計・村野藤吾となっていた。説明を読むと、有名建築家たちが競って名神のサービスエリアやインターチェンジの建物の設計をしたようだった。栗東から茨木間の設計は村野藤吾、栗東以東の八日市から関ケ原までは丹下健三というように。

初任地、彦根管理事務所の管轄は関ケ原インターチェンジから八日市インターチェンジまでだった。彦根インターチェンジの西に多賀サービスエリアがあった。民営化したいまの多賀の休憩施設は、真新しい今ふうの建築物になっているはずだが、あのころは造られて十五年ほどで、丹下健三（あるいは門下の）設計の瀟洒な建物だったはずだ。彦根インターチェンジの事務所の平屋の建物もそうだったろうか。こざっぱりとした斬新な明るい建物だったような気がする。

三年目の初秋、もうどうにも勤めに耐えられなくなったぼくは、その日の終業時間がきて、もう来ることもあるまいと事務所を出て、国鉄彦根駅から北陸の小都市めざして彷徨うように旅立った。…その瀟洒な建物のなかの自分の机の抽斗を、苛立って何ものかに急かされるかのように片付けている他人のような姿が、まぶたに鮮やかに…。

《オート三輪トラックが走っていた時代》というコーナーには、実物のダイハツミゼットMP5型（昭和三十七年発売）が展示してあった。じつに小さい三輪の軽トラックが高速道路を走っていたのか、と昔日の感があった。いまなら大型トラックや大型観光バスが行きかう高速に、という気がした。

川崎さんの「ハイウエイ感傷」を読みすすめると、もう一時間近くも、M—S高速道路をあるき続けているのに、めざす地点はいっこうに現れようとしないとあり、そのあとこう書かれていた。

《地平のかなたに一つの黒点が現われる。それは最初静止しているようにみえ、やがて一匹の蚊が揺れているようにみえたが、しだいに大きくなり、…。資材を積んだオート三輪は、ありふれた排気音をひびかせて、グリーンベルトの向う側を、私とすれちがっていった。…それは、夢の中での出会いのように、他者に無関心だった。》

たしかに、オート三輪の走っていた時代というものがあったのだ。小学生になったころだったか、父が車の運転免許証をとった。マツダのオート三輪トラック（軽ではない）を運転して家業の材木を運び、北鯖江の母の実家などへも行くようになった。小学五、六年生の夏休みになると、八の付く日にある武生市の木材市に丸太や製材を運ぶ父のオート三輪の助手席に乗り、市場に行く途中の市営プールで降ろしてもらい、ひとり泳いだ。中学生になり水泳が得意になったのは、小学低学年ころの集落の山側をながれる小河川（中小の魚が群れ、ときに蛇も水面をよぎった）での泳ぎはじめと、武生の市営プールでひとり泳ぎになれたことにあった。

展示してあるダイハツミゼットもだが、かつてのマツダのオート三輪の前輪をまるく囲うような車体は、ユーモラスな雰囲気もあり、ふるきよき時代をほうふつとする。

名神高速道路と北陸自動車道が米原ジャンクションでつながったのは、一九八〇（昭和五十五）年四月だった。前年の晩秋、精神に破綻をきたしたぼくは、二カ月ほどの故郷での病棟暮らしを経て年末には、職場に復帰はしたものの、こころもからだも、かつてあじわったことのない不如意なありさまだった。

年があけて、上司や同僚の先輩にささえられて、仕事のまねごとをしながら、またこころぼそい寮生活を再開し、給料ももらえた。先輩に見習って携わった業務の一つは、橋梁の橋台端部の耐震補強だった。たしか、先年（一九七八年）の宮城県沖地震で道路橋の耐震基準が変わったため、橋げた脱落防止の橋台端部の補強工事というものだった。もう一つは、その年の滋賀国体をひかえた米原ジャンクション開通のための名神高速の接続の舗装工事だった。ジャンクションの本体工事は長浜にある工事事務所が担当していたが、最後の名神との接続の舗装や排水溝と道路付属物などの工事だった。ぼくは、ただ上司や先輩のうしろについて現場に行っていたようなものだったが、いまでも記憶にのこっている情景がある。鹿児島うまれの上司が九州弁で、アスカーブ（アスファルト合材で造った排水をみちびく縁石）の通りがわるい、と施工業者に声を荒げつげていたことだった。道路の仕上げは排水である、とその後ほかの上司からもきいたことがあり、目立たない箇所の細部に注意をはらうことの大事をまなんだが、その後それを実践できたとは、土木屋失格のじぶんには、むろんいえない。

三月半ばに初めての転勤辞令が出て、四月半ばの米原ジャンクションの完成をみることなく四月初旬、国鉄彦根駅から北上した。赴任先は北陸自動車道の富山インターチェンジから滑川インターチェンジまでの建設を担当する富山市の工事事務所だった。

（「黄色い潜水艦」59号・二〇一四年一月）

『桑原武夫集』を読んでいたころ

先年（二〇一一年）、みすず書房の《大人の本棚》の一冊に、山田稔著『別れの手続き——山田稔散文選』がはいり愛読して三年が経った。ことしの桜も散ったころ、ふと思いだし書棚から取りだしてひも解いてみた。解説を書いていた堀江敏幸の一文が気になったのだ。「アナル学派の立ち位置——あるいは山田稔の「手続き」について」と題するものだった。

冒頭にこうあった。《フランスに「アナール学派」と呼ばれる歴史学の一派がある。一九二九年にリュシアン・フェーブルとマルク・ブロックによって創刊された『社会経済史年報』の、「年報」にあたる最初の一語を頂戴した名称で、…》

堀江の解説は、山田稔散文選の冒頭にある作品、「ヴォワ・アナール」にからめて記している。「年報（アナール）」のnの一文字を取り去って形容詞にすると、カタカナ表記では「肛門の（アナル）」となるという。《人間の内部を貫く一本の管の最下部に想いを馳せるのは、深刻さと滑稽さが、明るさと暗さが、羞恥心といたずら心が表裏する山田稔の散文を味わうに際して、…》と記して、山田稔の散文を「アナル学派」の視点で捉えられた人生の小さな歴史学であり、日常の心性を摑み取る散文であると…。

「アナール学派」という語句に、どこかで出逢ったような気がした。

『20世紀の歴史家たち（1）―日本編・上』（一九九七年・刀水書房）を、ふたたび大倉山の市立中央図書館で借りだしたのは、山田稔散文選の堀江敏幸を再読して、気になる日本の西洋史家が浮かんだからだった。関心は、徳富蘇峰からはじまり石母田正まで選ばれた二十人の最後から二人目の高橋幸八郎（一九一二〜一九八二）にあった。

高橋編の執筆者・遅塚忠躬の記す一節「その姿勢―歴史像の主体的構築」を読みすすめると、こうあった。

《そのような「問いかけの歴史学」が、いわゆるアナール派の創始者たるリュシアン・フェーヴルやマルク・ブロックによって提唱された…、だが日本においても…、また彼らとは別の経路をたどって、主体的問題設定に基づく「問いかけの歴史学」が自覚的に提唱されていた。その提唱者は、他ならぬ高橋幸八郎であった。》

『20世紀の歴史家たち（1）―日本編・上』を初めて読んだのは、ちょうど山田稔散文選が出た二〇一一年ごろで、高橋幸八郎がふるさと・福井しかも、わが河和田小学校の先達（尋常高等小学校のころ？）と知ったからだった。そういえば、そういうエライ人がいたような遠いかすかな記憶を想いだして、そのころ初めて参加した福井の散文誌『青磁』三十号（二〇一二年十一月）に、「河和田・荒木山雑記」と題した父の河和田での山仕事の日録を主にしたなかで、高橋幸八郎にすこしだけふれた。しばらくして、小中学の同級生の旧姓・高橋君（幸八郎の縁者）が宮崎・日南市から来阪したおり、幸八郎の七回忌に、河和田小学校の元校長が編纂した「高橋幸八郎教授をしのぶ」という手づくりの小冊子を持参してきた。それらのことを、『青磁』三十一号（二〇一三年五月）に、「うるしの里と西洋史家」と題して記した。ことに、幸八郎がことのほか愛酒家？ で好ましいエピソードに魅せられたこともあり、戦後まもなくの河和田での彼の活躍などを記した追悼録にあった一文などを紹介した。高橋幸八郎の生地で、わが河和田は越前漆器の産地だった。

『青磁』三十一号を山田稔さんに送ったところ、つぎの文面の葉書がとどいた。

《高橋幸八郎とは懐かしい名前ですね。むかし京大人文研のフランス革命の共同研究に加わっていたころ、よくその著書が問題になっていました。／きみの学者好きの遠因か

も、というの、おもしろい。桑原さんに原稿みてもらいに行ったり…。》

岩波文庫に『一七八九―フランス革命序論』（G・ルフェーヴル著・一九九八年第一刷）がはいっているが（絶版か本屋でみたことはなく、これも中央図書館で借りた）、巻頭に高橋幸八郎の序文が載っている。訳者・解説によると、本書の初約本は一九七五年に岩波書店から刊行され、そのときの高橋氏の「序文」であり、著者ジョルジュ・ルフェーヴルの経歴と業績の紹介であるとともに、わが国の戦後歴史学によるルフェーヴルの「読み方」を示す資料として価値があるので、そのまま収録したとあった。

『青磁』三十号で、高橋幸八郎にふれたのは、『桑原武夫集6』（岩波書店）所収の「インド史学会の新巨星」に、高橋にふれた一文があり、そのことを記した。

これを書きながら、『桑原武夫集』全十巻を書架からとりだしてみた。第七巻に所収の「人民史家ミシュレ」で、こういう一文に出逢った。

《現代におけるフランス革命研究の最高峰であるジョルジュ・ルフェーヴルが、ミシュレをもってフランスの歴史家中の最大の者としたのは、十分の学的理由があってのことであった。》

第七巻の口絵写真は、〈夫妻で発哺温泉にて（一九六九年）〉とあった。

『桑原武夫集1』が発刊されたのは、一九八〇年四月だった。以後、毎月出て最終の十巻は、翌八一年二月だった。

八〇年、四月一日付けの初めての転勤で彦根市から四月初旬に富山市に移った。前年、就職して三年目の秋もふかまったころ、精神の破綻をきたして帰郷し福井の病棟にはいった。発病するまえ、いやもうそうとうに病おもかったろうか初秋のころ、ぼくは京都の桑原邸に立っていた。第七巻の口絵に夫妻の写真がのった時期の、およそ十年のちになるだろうか。

高専の土木工学科を留年しながらもかろうじて卒業し就職できたものの、高速道路の管理の仕事は、文学趣味におかされていたわが身には味気なく、中途半端な日暮らしだった。けれども、安月給ながらも好きな本が幾らかは買えて毎晩酒も飲め、ときに夜のアソビもできるサラリーマン生活もまんざらでもなかった。

三年目の夏がすぎるころ、ふるさとの詩人・小説家・評論家の中野重治の逝去ということがあった。

十八のころからの読書好きにはじまり図書館に入りびたり、文学部受験までしたもののすべって、就職後も文学熱が高じて、なにか書きたいというおもいはしだいにつよくなったものの、なかなか書くということがわからなかった。初秋になるころ、学生のときから親しんできた桑原武夫の『文学入門』などに触発され、「第二芸術」に感化を受けたかのような「第二文学論」という題がうかんだ。四、五日、仕事を休んで独身寮にこもって一升瓶を傍らにして、からだじゅうに汗をかきながら没頭した。そうして詩とも小説ともつかないような、いわば散文詩のような、原稿用紙十枚のものができた。

彦根市立図書館の人名録で桑原武夫の京都の住所をしらべて十枚の原稿を送った。梨のつぶてだった。身を焦がすようにして数日をすごし、送った原稿のことで相国寺ちかくの桑原邸に押しかけていた。玄関に出た年輩の女性が、「主人は不在ですが…」とやさしく語りかけてくれた。桑原夫人のようだった。路地を上がったところにある薩摩墓地にほど近いジャズ喫茶で、茶碗酒を飲んだあと、ふたたび桑原邸に立った。玄関にあらわれた桑原先生の厳めしい姿に畏れながらも、中野重治の「五勺の酒」について訊ねた。そのころは、心身ともに酒なしではいられず、五勺の酒とは、なんだろうか、とばかりに…。

京都からもどって、どのくらいしたころだったか、ある晩、なにかに憑かれたかのようにして寮を出た。明け方まで町を彷徨って、ひろい集めたさまざまな襤褸切れとある家の表札を一つ、肩掛け鞄につめて寮に帰ってきた。

その日の昼、寮の先輩に連れられるようにして鯖江に帰りつき、翌日、精神科病棟に入院した。…二カ月ほどして年末には、ふたたびの湖東の寮暮らしにもどったものの、どう時をすごしてよいものか、あの熱をおびて原稿を書いたときと一変し、喘ぐようなかぼそいこころの在りようで、わずかに宮沢賢治の童話をながめたり、野間宏の『歎異抄』をぽつりぽつりめくったりした。翌春三月、初めての転勤内示が出たものの、かつてない、ただ息をするのもおぼつかない日暮らしにあった。


一九八〇年春、富山市の中心街・総曲輪《そうがわ》のアーケードにある書店で、『桑原武夫集』を予約注文した。四月に赴任して担当した仕事は、三年かかわった名神高速の管理とちがい北陸自動車道の富山ＩＣから滑川ＩＣまでの建設工事だった。その年の冬に開通が予定されていて、土工、橋梁工事はほぼ仕上がり、舗装・施設工事の最盛期で工務課に配属された。

独身寮が富山大学そばの路面電車の大学前からほどちかくにあり、古い旅館の離れを会社が借りあげた木造二階建てで、自室は一階のどん詰まりの六畳間だった。池のうえにせり出したような造りで床の間もついていた。梱包した段ボールを幾つもそのままにして、かろうじて布団を敷く空間だけかくほして、万年床で『桑原武夫集1』の「展墓」「詩人」「二十年前の三好達治君」などを読みふけった。

春もたけたころ、現場ちかくの滑川市の海岸で、明け方、ホタルイカ（はじめて知ったのだが）の発光を、漁船に乗りながめることができると寮生から聞いたが、ただ、定時の事務所への往復だけで精一杯で、仕事でないにしても、いまだ早朝から出かけるような元気はなかった。

梅雨になったころ、総曲輪の行きつけの書店で、『手の届かぬ世界―精神科医のノートより』（一九七九年・北国出版）という本に出逢った。ひさしぶりに惹きつけられるようにして頁を繰って読みおえた。奥付をみると、著者は富山市から神通川を少しさかのぼった河畔、婦中町にある病院長とのことで、行ってみようとおもった。処方されたのは、抗うつ剤というものだった。

前年に退院後、処方されていた薬も年が明けてなくなり、福井まで通院することもなく、自然と薬は飲まなくなった。あれは幻覚や幻聴だったろうか、そんなものは消失していて、うわべは前にもどって恢復したような感じではあったが、しかしまったくちがったうすら寒いこころの内面にあった。やく半年ぶりに服用すると、半月ほどして心持が一変した。沈んでいた気持が、だんだんにうわずったような気になり、去年の初冬から半年、ほぼやめていた酒を、またしだいに飲むようになった。薬とアルコールの、いうなれば両刀使いだった。

そのころ総曲輪のアーケードの裏通りのごみごみとした一角の地下に、ジャズ喫茶をみつけた。髭づらのマスターが気さくな酔っぱらいで、すぐに馴染みになった。その夏には、常連の客とも顔馴染みになり、事務所で席をとなりにしている上市町の女性を、仕事をおえて連れていったりした。

九月になったころ、いつものように酔っぱらい、今晩、八尾《やつお》の町で祭りをやっているから行こうかという話になった。店を閉めてマスターを先頭にして、まだ酔っていないらしい二人の運転する車で、一升瓶をさげて夜おそく山あいの地に出むいた。

それは、むろん初めてみる哀切な、まだ二十代なかばのこちらの身には縁遠い妖艶な男と女の踊りで、〈風の盆〉といった。

その年の秋には、隔週の土曜が休みになる金曜の夜、寝台急行の上野行き「能登」か「越前」で、ときおり上京するようになった。普通車の連結だったから東京ミニ周遊券で乗れる普通席でポケットウイスキーを傾けながら、親不知子不知の海岸とおぼしき暗い車窓に見入った。早朝、上野に着き夜行の疲れをいやすかのように、かつての春情もふたたびつのるようになり、いつしか週刊誌で知った北千住の怪しげな店に行ったりした。それから一日、あてのない雑駁な東京の週末をすごして日曜の上野発の夜行列車に乗るのだった。待ち時間に、浅草の神谷バーで電気ブランを飲んだりした。

この年(一九八〇)、十二月十九日、北陸自動車道の富山IC～滑川IC間の開通があり、ぼくは中間になる立山IC付近で、パレードの駐車場整理班の一員という役目についていた。その夕、工事事務所であった祝賀会で、しこたま岩魚の骨酒に酔い、二次会に夜の繁華街、桜木町に繰りだし、キャバレー(ピンサロ?)で文無しになったりした。半分やぶれかぶれの感もあったが、から元気みたいな状態にはあった。

その年の暮は、クリスマスの日から降りだした雪は降りやまず、御用納めの二十八日に鯖江に帰省するべく北陸線の列車に乗ったのだが、小松駅を過ぎたあたりで列車は立ち往生、けっきょく国鉄がタダで片山津温泉の旅館に泊めてくれた。年が明けると北陸の雪は、いっそうの積雪になり(五六豪雪)、主な業務だった高速道路の開通はすみ、毎日毎日、独身寮と工事事務所の屋根の雪下ろしと駐車場の雪かきが主な仕事だった。

そのころ、『桑原武夫集10』が届いて、「吉川君のこと」を読んだりした。五十年来の親友という中国文学の碩学、吉川幸次郎を悼んだ文章だった。

一昨年の秋、京都の桑原邸を訪ねたとき、桑原夫人から「いま、主人は吉川さんをお見舞いに病院に行っています」と告げられ、辰年生まれの〈五龍会〉の謂れを聞いたことなど想いだしたりした。


二〇〇八年、八月十六日の朝刊の訃報記事に、《桑原田鶴さん（くわばら・たず＝仏文学者・故桑原武夫さんの妻）十五日死去・九十四歳。…》とあった。

ことし年明け早々、新刊の『新京都学派―知のフロンティアに挑んだ学者たち』（柴山哲也著・平凡社新書）を読んだ。第一章は「新京都学派を担った知の巨人―桑原武夫と京大人文研」とあった。

ことしも熱い夏が予想される五月末、あらためて『桑原武夫集7』をひも解いた。一九六八年に書かれた「人文科学における共同研究―京都大学退官記念講演」に、共同研究参加者リストの一覧があった。六回にわたる共同研究の累計参加者は百十名（桑原自身と樋口謹一は、すべての六回に参加）。一九五九年の「フランス革命の研究」の参加者十八名のなかに山田稔の名は、むろんあった。山田さん、二十九の歳になるだろうか。三月、一九八三年に富山市で生まれた息子に、長女が誕生した。つまり、わが身は、祖父（じじい）になったわけだった。村上鬼城の句がうかんだ。

生きかはり死にかはりして打つ田かな

（「黄色い潜水艦」60号「北陸自動車道・富山ＩＣ〜滑川ＩＣ開通のころ」改題・二〇一四年七月）

千國街道にて

机のよこの壁に貼られた八月のカレンダーをめくった。ベランダから、息子がもらってきた鈴虫の鳴声が涼しくなった風にのって聞こえてくる。もう、夏も終わりなのだという思いが、私をやるせないような気にさせる。

半月まえ、夏休をとって六日ばかりの連続休暇になった。ちょうど盆のときで、妻子が実家の秋田市に帰るのにあわせ、私も何処かへ旅に出る準備をして一緒に社宅を出て、福知山駅から乗車した。綾部、西舞鶴、東舞鶴と過ぎて、まだ海水浴客で混みあう小浜線をのんびりと敦賀まで乗り、北陸線で福井行きの普通列車に乗りかえた。その夕、鯖江の私の実家で一泊して、十三日の夜、妻のふくらんだバッグと私のリュックをスカイラインのトランクに入れて、父の運転で福井駅にむかった。駅裏で父の車を降りて、地下通路をあるいて駅頭に出た。十一時に発車する青森行き寝台特急「日本海3号」に乗りこむ二人をホームで見送った。

深夜、ひとりになった私は寝袋をくくりつけたリュックを待合室のベンチに置き、構内のキオスクかどこかで缶ビールでも仕入れようと探しまわったが、どこも覆いがかけられていて販売の時間は過ぎていた。仕方なく駅前に出て、ようやく見つけた明かりのついた小ぢんまりとした中華料理屋にはいった。餃子をアテに瓶ビールを飲みながら、ひさしぶりの一人旅を何処へ行こうか考えたりしていた。新潟行きの夜行急行「きたぐに」が二時にあり、二年まえの夏にはその列車に乗ったのだった。森敦の訃報を知ってから、庄内の鶴岡から月山辺りでもふらついてこようかという心づもりがなくもなかった。

日が変わるころ駅にもどり、みどりの窓口をのぞいてみた。二時まで時間をもてあますなァ、と思いながら時刻表を繰っていると、十五分後に発車する信濃大町行き臨時急行「リゾート白馬」というのがあった。但し全席指定となっていた。まず無理だろうと思いながらも切符売り場に行ってみた。駅員が端末のキーをたたきながら即座に、まだ空席がありますという言葉が返ってきた。たまには指定席の贅沢もいいだろうと、その切符を買うことにした。

ホームに出ると五分ほどして、洒落たブルーを基調にした特急なみの列車が入線してきた。指定の車両にはいってみると、なんと席はガラガラだった。大阪駅始発、京都駅を経由してくるこの列車にしては思いがけないことだった。盆の狭間になっていて、北陸や信州への行楽客や登山客も少なかったせいだろうか。列車は発車した。すでに零時を過ぎていることもあり、車内の照明は薄暗くしてあった。車内で飲む酒もなく本も読むこともできず、リクライニングシートを倒して目をつぶった。折角、ガラガラなのだからと前の座席を回転させて脚を投げだそうとして、何度も座席をもちあげてみたり押してみたりしたが、いっこうに埒があかない。あきらめて暗い窓を見つめて脚をまげて横になったが、しばらくしてもう一度、こころみてみた。なにしろ指定席がガラガラという好機なのだ。朝からの旅のことを考えると、脚を投げだしてゆっくりと寝ていきたい。しかし、やっぱり無理だった。そのとき、うしろから声がかかった。若い学生ふうの男だった。「下のペダルを踏めば簡単に回りますよ」と。

やってみると即座に回転し、四つの席がむかいあった。われながら間が抜けている。ダサい男だとみられたろうなと思いながら若い男に礼を言って、寝袋を枕に念願の脚を投げだして身体を伸ばしてふたたび目をつぶった。

うつらうつらしながら金沢、富山の駅が過ぎるのを、おぼろげに感じた。どこかの駅で目が覚めると糸魚川だった。しばらく停車して、これから大糸線に列車が入っていくのだった。車窓はまだ真っ暗で、ふたたび目をつぶった。

五時を過ぎたころだった、車窓の景色がうすぼんやりと目にはいってきた。夜明けのなか、両側を山並みに囲まれた狭隘な土地を列車はのんびりと進んだ。北アルプスの裏側を通っているせいか車内の空気は肌寒さを感じた。

六時半に信濃大町に到着。山に登る重装備の人は少なく、学生ふうの若者たちや家族連れに交じって、私も改札を抜けた。この駅は立山アルペンルートの信州側の基地駅になっている。高専の二年生の夏、級友三人で富山側から、まだできたばかりの立山アルペンルートを通って、この信濃大町に着いた覚えがあるが、駅前の風景は記憶のなかから消えていた。あれから十六、七年になるのだ。その旅行が、私が旅に出るようになった最初だった。

信濃大町に着く少しまえに車窓の右手に湖が見えていた。学生のころ読んだ松本清張の推理小説で、この湖の周辺が舞台になったのを読んだ記憶があった。たしかに仁科三湖という名だったと思う。駅前の観光案内所で調べると、三つの湖があり一番近いのが木崎湖となっていた。ひさしぶりに高原の湖を散策するのもいいなァと、乗ってきた線路に沿ってもどる道を探しながら歩きだした。

町はまだ静かで、三十分ほど歩くと郊外になり、近ごろ建てられたばかりのような文化会館の敷地に出た。日本庭園のような敷石に腰を下ろして、昨夜おふくろにつくってもらった弁当をひろげた。見ず知らずの土地で、自然のなか朝飯を食うのも、ちょっとした趣で放浪者になったような気がした。

親子連れが朝の散歩に出ているのが見え、今ごろ、フサと文人も秋田に着いたかなァなどと思いながら食べた弁当をしまった。膨らんだリュックを両肩に担って、木崎湖への田舎道を歩きだした。上杉謙信が武田側に塩を送ったという「塩の道」という昔ながらの街道がのこっていて、千國《ちくに》街道と呼ばれていた。

時たま見える家並みの一軒から、家族そろっての朝食の賑やかな声が聞こえてきたりした。盆で里帰りして朝のひとときを過ごしているのだろうと思いながら、自分は何を好き好んで重いリュックを背負って、あてもなくふらついているのかと、変に弱気のようなものが込みあげてきた。曇天の空から雨がポツリポツリ落ちてきた。今の俺には、ひとり旅もちょっともの悲しいような気分につつまれて、旅に出れば日ごろのうっ憤が晴れるかという期待も甘かったようだ。

昨秋あたりからもたげてきたうつ的症状が年をこえて常態のようになり、春の連休まえに精神科病棟に一日緊急入院した後遺症は、簡単には治りそうもなかった。歩きだしてから携行のポケットラジオで、東京・埼玉での連続幼女誘拐の容疑者が、事件に関与した自供をはじめたと大大的に報じていた。まだ若い男Mの猟奇殺人事件に発展するような事態も気を滅入らせる一因だった。

一時間も歩いたろうか、案内板があり木崎湖の民宿がぽつぽつと立ちならんでいた。民宿のとぎれた田舎道を少し行くと、仁科神社と書かれた門柱があり由緒を読むと、この辺り一帯が木崎湖から張りだして城が築かれ、武田信玄の信濃の守りにもなったという。リュックを神社の軒下において、裏側にまわり杉林の道をしばらく歩いていくと、ぱーっと湖面がひらけた。現代の喧騒がたちどころに現れてきた。木崎湖のキャンプ場だった。テントが張りめぐらされて、若者や家族連れが賑やかに語らっているのが聞こえた。石伝いに桟橋に出て、湖の空気にふれた。水は透明とはいえなく澱んだような藻が水面に現れていた。

キャンプ場をあとにして神社にもどる途中、もよおしてきたので草叢に駆けいり野糞をした。なんとなくわだかまっていた体内の排泄物を一気に出しつくしたようで、人心地ついた気になった。ビニール袋や空缶より自然の肥やしになるだろうと、草を引きちぎって痕跡をなくして野道にもどった。

雨がつよくなってきたので神社の軒下にもどり、いっぷくして今日はここで本でも読んで過ごそうかなと、リュックから取りだした黒田三郎の詩集をパラパラとめくった。『小さなユリと』のなかに「月給取り奴」と題された一連があった。

バス道路へ出る角で／僕は言ってやる／「ぐずで能なしの月給取り奴！」
つぶやくことで／ひそかに僕は自分自身にたえる／きょうも遅れて勤めに行く
自分自身にたえる

そんな詩を読みながら旅から帰ったあとの、能なしの月給取りの自分の姿を思いえがいていた。時計を見ると十二時を過ぎたところだった。夜まで、まだ間があった。大糸線の沿線にもどり信濃木崎駅前で、ようやく酒屋を見つけた。ちょうど、塩の道の名を冠した「千國街道」という陶器の地酒を売っていて、さっそく買いこんだ。

〈…雨の音を聞きながら、薄暗くなっていく神社の軒下でひとり酒を酌んでいた。いつしか寝袋をまくらに寝転んでいた。…〉

夏のひとり旅は、なにごとにも煩わされずにそうありたいものだったが、自分ひとりの自由の天地をあじわうこともなく、なにものかに急かされるかのように昼すぎ、雨のなか神社をあとにした。松本から来た鈍行に乗りこんだ車中で、ちびりちびりと地酒を傾けた。糸魚川めざして少雨に煙る北アルプスの裏側を列車はノロノロと走った。

（「黄色い潜水艦」57号・二〇一三年二月）

足羽山の茶屋

鯖江駅に下りると父の車が待っていて、今立の和紙の里に向かった。ことし米寿になる父だが、いまだ田舎道の運転はしっかりしていた。ぼくは、もう五十まえからペーパドライバーだったが。

昼飯を、今立の名代の蕎麦屋〈森六〉でおろしそばを食べて一乗谷に向かった。今立と一乗谷は、わが生地から、ほどよい距離だった。

一乗滝、朝倉遺跡を見て、朝倉氏遺跡資料館まで送ってもらい、助手席の母が出してくれた漬物で缶ビールを飲んで、ここまでとばかりに父の車は去った。資料館をひととおりながめたあと、二時間に一本ほどの越美北線の福井駅行きディーゼル車の時間まで二十分ほどだった。目のまえにみえる一乗谷駅への道をとおりこし、田植えのはじまった田畑のなかの野道をふたりで歩き、西山光照寺石仏群を見物して、後もどりするのも面倒と、田畑から小溝をわたり越美北線の線路に上がった。プラットホームだけの一乗谷駅まで百メートルもなかったが、ふと、大野行きの列車が来たらと思わぬでもなかった。しかし、考えてみれば電化されていない単線のこの線路は、あと五、六分先の福井行き以外に来るはずもないのだった。踏切でもない線路内を歩くというのは、ちょっと野趣に富んでいたが、中年から初老の域にはいった男ふたりでは、安っぽいテレビドラマの珍道中ふうともいえた。

プラットホームで待つあいだ、水をはった田から鳴きしきる蛙の声がきこえた。朝倉館の唐門の前を流れる一乗谷川から、ちょっときこえた河鹿蛙の澄んだ声とはちがって、うるさいほどだったが、どちらにしても五月のなかばの、わが越前の野づらの情趣だった。

一両のディーゼル車は足羽川に沿う山際をすこし走ると、福井平野に出た。福井駅、十五時五十八分着。

十七時、駅前で待ち合わせをしたSさんと合流し、Sさん行きつけで、ぼくも馴染みの居酒屋にはいった。福井の詩人やだれかれの話を肴に痛飲したあと、中央公園ちかくのホテルの焼き鳥屋・秋吉に誘われたがいっぱいで、タクシーで自宅へ帰るSさんを見送った。

市役所よこを通り、大名町交差点をわたり、ふたたび駅前にもどってきた。小ぢんまりとしたビルの三階、編集者のKさんとふたり越前行、一日目の仕上げのスナックY…。脳裏をよぎったのは、大阪行き夜行急行「きたぐに」が、この三月でなくなったことだった。この店で飲んで、もう福井駅四時六分発に乗ることはないのだと。この晩、マイク片手に、熱燗に終始し、城址の堀端のキャッスルホテルに帰ったのは、午前様だった。

目覚めると、七時半。カーテンを開けて七階の窓からながめる、県庁舎と県警本部のビルは邪魔っ気だが、青黒い笏谷石《しゃくだにいし》の石垣とお堀は見応えがあった。二日酔い気味だったが、ちゃんぽんをしなかっただけ、深酒のわりにはましだった。九時にSさんの車が迎えにきてくれた。ホテル近くの養浩館庭園をのぞいて、足羽《あすわ》山麓の愛宕坂にある橘曙覧《たちばなあけみ》記念文学館に来た。二階の展示コーナー角に、曙覧の独楽吟に因んで募集した今年の優秀作の一つに、父の「たのしみは朝あさ覗く瓢箪がぶらりぶらりと我を待つとき」の作が貼られていた。Sさんの車を文学館の駐車場に置いたまま、足羽山を上がった。

北陸三県の県庁所在地の近郊の山に、北から富山に呉羽山、金沢に卯辰山、福井に足羽山がある。三十年ほどまえ富山市の事務所に勤めたおり呉羽山の麓ちかくに会社の独身寮があり二年ほど暮らした。中腹に五百羅漢があり、さらに上がると晴れたこの時期、目の覚めるような白皚皚《がいがい》たる立山連峰が望めた。

金沢の卯辰山には、かつて動物園などのあるヘルスセンターがあって、たしか小学の高学年のころ、父母と妹で一日遊んだ遠い記憶がある。

さて、足羽山である。遠いむかし、鯖江の東、山あいの河和田《かわだ》小学校の一年生の春、遠足でバスに乗り福井市の足羽山に来たことがあった。田舎の河和田の山地とちがって大きな町の遊園地などもある山だった。


『週刊文春』の清酒・白鶴の広告だと思うが、〈いい酒、いい人、いい絆2〉という欄に俵万智の一文が載ったのは、あの震災の半月ほどまえ、二〇一一年の三月三日号だった。日ごろ、週刊誌などほとんど見ないのだが、週刊文春だけは、ときおり坪内祐三の「文庫本を狙え!」を駅の売店などで立ち読みすることがあり、たまたま俵万智の一文に行きあたった。「茶屋で飲む酒」と題されて、こうあった。

〈高校生のころ「熊の会」という演劇サークルに入っていた。毎年、俳優を変えてはチェーホフの「熊」という芝居を上演するという、いっぷう変わった集団だ。…〉と書きだされ、主宰していたSさんは、彼女の高校の世界史の先生で、詩や小説も書く人だったとあり、〈他のメンバーは、私以外は社会人だったので、練習のあとや、懇親会では、みなお酒を飲むことになる。〉とあった。この会のホームグランドにしていたのが、足羽山の茶屋で、味噌田楽を肴に日本酒を飲む（彼女は、むろんジュースを、と注記）のが恒例だったという。

足羽神社まえを通り、茶屋が二、三軒あり、そこを過ぎてしばらくすると、ＦＢＣの足羽山送信局があった。すこし記憶にある建物だった。遊園地は、まだ先のようだったが、モミジのような手をしたぼくら田舎の小学一年生は、ここらあたりで弁当をひろげてもいただろうか。このあたり、ときおり車は通るものの、カシやクヌギなどの広葉樹林におおわれた山道は、初夏のここち好い風にふかれ、Ｓさんご推奨だけのことはあった。

高校時代のＴと来たという、その名も〈呑んべい茶屋〉は閉まっていて、その先にある少し大きめの茶屋にはいった。まだ十一時まえ、深夜の熱燗が身体に色こくあるようで、瓶ビールを注文した。これから丸岡（坂井市）まで運転するＳさんはウーロン茶、アテは足羽山茶屋の一品だろう、コンニャクと豆腐の味噌田楽をたのんだ。串刺しの豆腐田楽は、串の手元を皿の縁か台で「トントン」と軽く打つと、豆腐が串からはずれて食べやすいとのことだった。これが美味だった。

茶屋を出るとき、別の客間から「熱燗、二本！」という声が聞こえた。こんどは、昼すぎ、前夜の酒をほどほどに、熱燗で田楽を！と期するものがあった。

愛宕坂へと下りながら、これから向かう丸岡の中野重治記念文庫の書棚が目に浮かんでいた。編集者のKさんが、出版社を立ち上げたのは一九七五年だというが、翌年の春、一冊目になる港野喜代子詩集『凍り絵』を発行した。その本を、記念文庫の中野蔵書のなかに見つけたのは、いつだったか、十年ほどまえになるかもしれない。カバーは中野手製の包装紙がかかり、中野の筆跡で題字が書かれているはずだ。それをKさんに見せるのも、この越前行の目的の一つだった。

（「黄色い潜水鑑」56号・二〇一二年七月）

河和田・荒木山雑記

五月二十七日、朝日新聞（大阪本社）一面に、〈水源林　進む公有化／14自治体で買収　荒廃に危機感〉とあり、記事を読むと、こうあった。「…背景には、森林所有者の高齢化や木材価格の下落で、手入れされない森林が増えたことがある。こうした森林では間伐されずに細い木しか育たないため、森が本来持つ保水機能の低下が指摘されてきた。…」

昨年十一月、五十六歳を期して、『残影の記』なる四冊目の本を上梓した。なかに掌編「父の山仕事」というのを載せた。子供のころ、山から木を伐りだす父の作業を目にしたことを想いだして記したものだった。一カ月ほどした十二月初め、出勤途上、ちょうど下車の茨木駅手まえでケータイが鳴った。日ごろかかることのない田舎の妹からで、「とぉーさんがトイレで倒れた！」とつげた。さすがに吃驚し、出社の足でその旨、上司につたえ休暇をとり慌しく帰省した。昼まえ、鯖江の総合病院に入院した父を見舞った。検査の結果は、脳波とかに異常はなく一安心だったが、入歯をはずしベッドに横たわった父の姿は一瞬、八十六の見知らぬ老爺の様態に思えた。長年の製材しごとのあと近年まで力作業などもして、年の割には頑健な父だと息子の目にはみえていたのだが。

正月に帰省したとき、父は思いのほか、暮れに倒れるまえとほとんど変わらぬほどの回復をみせて、車を運転して鯖江の駅まで迎えにきてくれ、私につきあって晩酌も一合の熱燗をたのしんでいた。

四月末の連休に帰省して晩酌の際、ふと私は正月の晩酌のとき父が口にした「小坂《こざか》の荒木山…」のことを思いだし、「あす、ちょっと行ってみようか」と提案した。農家の三男だった父が六十を過ぎて、やっと少しばかりの山林を買ったとのことだった。それが昭和のおわるころで、製材にする立木を伐ったあとに、杉と檜の苗、百本ほどを植林したという。長年、雪害のための作業、春と秋の下草刈りや下枝の伐採などをしてきたらしく、近年はあまり手をいれなくてもいいようだった。そういうことに、田舎にいないせいもあるが長男であるのに、まったく無関心で、山林がどこにあるかも知らなかった。

翌朝、この日は爽やかな初夏の気候だった。朝めし後、父の軽トラで、かつて私の校区だった河和田地区のとば口・別司町（二十数年まえまで実家のあった）を過ぎて河和田町（旧・小坂）にはいった。民家のあいだの細い裏道へハンドルをきると山際になり、さらにスギ林の山道をすこし上がって父は軽トラを停めた。鉈と鎌を腰にした父のあとを、雑草をかきわけるようにして山にはいった。

荒木という父の持ち山は、麓からかなり登った細長い急峻な一画だった。ことし、米寿になる父の足もとはしっかりとして、この秋五十七になる息子を従えて見知った山を案内するふうだった。汗をかきかき山道を上がりながら、まだ高専生だった二十歳のころの夏休みを、ふと想いだしていた。製材所に下ろす立木を伐る父の手伝いに、別司の裏山に行って、カナカナと鳴くひぐらしの声に、物憂い夏のおわりと卒業をひかえた自らの進むべき道に…。

傾斜のきつくなった山道ともいえないような斜面を越えるとき、「ピュルルー、ピュルルー！」という急を知らせるような音がして、私は一瞬、はっとした。頭上で危険を知らせる報知のような気がしたが、そのとき父の方をみると、胸のポケットから取りだし手にした小箱のようなものがみえた。ひもを「シューッ」と引き、そこから音が発しているようだった。防犯用のブザーで熊よけのものだという。

細長い地所の一番上だという荒木山の一角についたとき、眼界に飛びこんできたのは、真下の河和田の田野だった。目をあげると、遥かかなたに真白い雪をかむった山の頂だった。方角からして、池田町の部子山《へこさん》あるいは、その先の岐阜県境の能郷白山かと思われた。このごろ流行の山ガールではないが、山の魅力にハマる気持がわかるようだった。

父の話では、このあたりの杉がいちばん育っているという。まだ、目通りが子供の胴ほどもないようにみえたが、父はさも愛しいふうに杉や檜を撫でるようにしていた。

山を下りるのに、父の先導で谷川沿いを伝いあるきして下った。そのとき、地の底からわき出るような「ギャー、ラーラー、ギュー、ルルッー」という不気味な音がした。なんだろうかと、父にきくとカエルだという。のちに調べると山地に棲むアカガエルの一種で、清流に棲むあえかな美声のカジカガエルとは、まったく異にした鳴声だった。

《昭和四十年代、父の手伝いで河和田近辺の山の中腹あたりまで、ときどき上がったのだが、そのころ熊が出るという話はきいたこともなかった。熊が出没するのは、勝山・大野など白山に連なる奥山、また岐阜県境に接する池田町の山など奥深い山地で、河和田あたりの里山ではイタチやタヌキの類がせいぜいだったろうか。

最近、月刊誌『みすず』（みすず書房）九月号の「熊との遭遇―山と渓に遊んで26」を読んでいて、次の記載にうなずくものがあった。〈熊がなぜ里に出没するのかは、いまだに解明されない謎である。正確ではないにせよ、熊の生息数が増えているのは事実で、餌が少ないということでもないのである。どうやら熊は、里に美味いものがあることを学習してしまったらしい、というのが研究者やマタギたちの識見である。〉》

須磨の自宅に帰った翌々日、三日の祝日は家人も休みとのことで、ひさしぶりに一緒に出かけた。行先は灘の兵庫県立美術館だった。開催しているのは、「日本の印象派─金山平三展」だった。〈県立美術館開館10周年記念〉とも記されていた。たしか、神戸製鋼だかの工場跡地に、安藤忠雄のコンクリートの打ちっぱなしになる、いまの建物ができるまえの美術館は、灘でも山側の原田の森にあり、兵庫県立近代美術館と称していた。新しい方は近代がとれていた。その古い方の美術館で、あの震災の前年の秋、「没後三〇年　金山平三─旅する画家」を観たのだった。そのころ、神戸住まいが五年目にはいり、鬱におおわれた三十代のおわりに、たまさかの光明がみえはじめたころでもあった。それから、二十年ちかくの年月が経とうとしていた。

金山は神戸生まれの洋画家で、ことし早々だったか、元町から上がった花隈の旧宅の碑をひさしぶりに眺めたことがあった。以前、ちかくに日本画の村上華岳の旧宅跡があるというので探したが見出せなかった。その日、見覚えの〈金山画伯旧宅之碑〉の横に、〈村上華岳先生宅跡〉の碑が、仲良く？　建ちならんでいた。

「日本の印象派…」展示のお目当ては、〈大石田の最上川〉などの風景画にあったのだが、後半にさしかかったところで、〈こびき〉と題された小サイズの黒っぽい油彩が目にはいった。大きな黒い樹を大きな鋸で挽いている図だった。三日前の田舎の山中で、持ち山の天辺まで上がったとき父が、「昔はァ、こびきがァ…」と言ったことばが蘇った。

連休がおわって、翌週、父から大学ノートに綴られた「荒木山雑記」が送られてきた。

昭和六十二年

七月二十九日

上り道の草を刈る

八月二日

掛矢、鍬、楔、持っていく／帰りにアマチャヅル取ってくる

十日

上の方から木を切る（3本）
　十一日
チルホール持って上がる
　十二日、2本、木を切る
十三日、4本、木を切る
二十五日、3本、木を切る
二十六日、1本、木を切る（終り）
九月一日
横切り、段取り下見
　二日
ウインチ、上げる
　三日
横切り、落し、ウインチ出し
　四、五、七日
木出し　ウインチ

八日
横切り、ずらし、落し、ウインチ
九日
木出し　ウインチ（やっと急坂まで落せた、5本とも）
十日
木出し　ウインチ
十四日
午前、山焼き　午後、下の道草刈
十六日
木出し　ウインチ
十九日
山焼き
二十二日
丸太運び、5回
二十三日

山焼き、二股の細木引っぱり2本

二十四日

ウインチ、上へ上げる　夕方、丸太2本市場へ運ぶ

二十五日

午前中、丸太3本市場へ運ぶ　午後、横切りと枝はつり

二十八日

市場見学　午後、山焼き、横切り、段取り

（以下、十月から十一月半ばまで同様の伐採作業つづく）

十一月十三日

夕方、杉苗１００本、来る

十四日

山焼き　杉苗植え（50本）

昭和六十三年

（この年は、六月に七日ほど、草刈、枝落し作業のみ）

平成元年

七月一、二日
下の口、下刈、半日ずつ
　九日
上の口、下刈　半日
　十日～十四日
上の口、下刈　半日
九月十日〈2回目草刈〉
下の口、上の口の下
　十二日
上の口　半日
　二十七日、二十九日
一番上（二回目全部すみ）
平成二～三年
　《同様の下草刈作業》
平成四年

三月十一日
荒木山、上の口を一廻りする。去年、秋の台風で下の口、隣のMさんの杉の木が自分の小杉の所へ倒れたので、三月九日根切りする。暮れに山を見にいかなかったので分からなかった。その風倒木（周り5尺）の木を、五月七日に横切、枝はつりして下の谷に落す、植林の若木にあまり害がなかった。
七月六日
午前中、下の口の下刈、二人
八、九日
午前中、上の口の下草刈、二人
十日
午後、上の口、下刈（1回目終り）
九月三日
下の口、下刈　半日
六、七日
上の口、下刈　半日

（2回目下刈終り　2回目は楽だ）

平成五年

一月十八日

雪時々晴れ　今のところ積雪なし。

本年初めて荒木下の口へ行く。小杉の下枝落しや間伐5本など作業。（大きくなってきたものだ、こまかいのは間伐をしなければあかん）

三月十七日（水）

午前中、製材作業して午後ひさしぶりに荒木の山へ行く。下の口を見て上の口へ登る。大雪の年ならば高い所には雪があるのだが、今年は大雪にならずよかった。杉の木が傷まなくてありがたい。山に行けばいくらでもしたい仕事があって忙しい。ぐるりとひと回りして帰る。カラタチバナの実を下と上の山へまいた。

二十二日

午後、下の口にある雑木を伐る。

二十三日

午後、上の口の上の、岩上のカシやカナギの木を伐る。カシとカナギの一本ずつ枯らすために根のところの皮をけずる。木の芽が出かかっているので、もう少し早くするとよい。

五月十二日

午後、下の口、上の口の山をひと回りしてくる。一番上の平らに、フキが一かたまり生えていたので採って帰る。大きなカナギの木の根を皮むいて傷つけたのが、やっと今年は芽が出ず枯れたようだ、三年ぐらいは枯れないものだ。

七月《下刈》五日間

九月《下刈》三日間

平成六年

三月十三日

午後、今年になって初めて荒木の山に行ってみる。今冬は一月二十日頃から雪がきて、だらだらと三月いっぱい降っていた。二尺くらい積ったときもある。杉の木はいたまなかった。下の口、上の口とまわって、下2尺ほど枝を20本ほど落す。

四月十四日

下の山の杉の手入れなど、いろいろする。西の境の柴を刈ったりして一日作業。

五月十二日
下の口、上の口を一巡りする。フキ、水フキ採って帰る。（水フキは一昨年、移植したのだ、下の口の東のところ）
六月二十、二十一日〈下刈〉
午前　下の口　（一回目、下終り）
　二十二～二十五日
午前　上の口　（一回目、上終り）
八月二十三日
2回目下刈　（下の口、上の下）
今年の夏は毎日30度越す猛暑続きで、雨なしで土がからからなので草が伸びられず、二回目の下刈は楽だ。
　二十四日
2回目下刈、半日（上の口、中・上）　（二回目、完了）
平成七年
三月十六日

今年初めて荒木山へ行く。
午前、下の口　細いのが何本か曲っていたので起す。午後、上の口のスギ、大きくなったものだ、この冬もかなり積雪があったが折れたのは一本もなかった。ケヤキは大きくならないものだ。
六月九日
下の口、下刈　午前
木が大きくなってきたし、年に2回下刈するので草が少なくなってきて作業が楽だ。
　十日
上の口、下刈　午前
ここも草が少なくなった、初めの頃は何日も手がけたが半分ですむ。
　十二日
上の口の一番上、下刈
今日、機械を持って行って刈る、早いし、ひどいところを刈るにはもってこいだ。これで一回目は完だ。
八月二十六日

二回目下刈、下の口　午前、完
九月二日
二回目下刈、上の口　午前、完
十月九日　上の口、枝打ち（下3尺、5尺の枝を落す）
　十一日
下の口、枝打ち

《以下、平成八年以降も作業雑記つづく》

荒木山のある河和田町は、ことし生誕百年、没後三十年になる西洋経済史学者の高橋幸八郎の生地だった。そのことを知ったのは、定道明氏の便りだった。拙著『残影の記』所収の「「きたぐに」まで」に記した、柳田國男が旅した〈鯖江下車、…河和田の村役場に立寄る。…県の漆器産額二十万円の中、十一万円は此村より出づ。…以前は片山塗と呼びしが、今は小坂にても…〉という箇所を読まれたらしい定さんから、むかし河和田を歩いた旨の葉書が届いた。〈高橋幸八郎の生家跡を尋ねると、モミの木の残るさして広くもない屋敷にプレハブの小屋が建っていました。村人によれば、定年後、高橋はたまにそのプレハブに帰ることがあり、何でも歩きながら風呂敷包みから本をこぼすことがあったという。汽車の中で飲みすぎたということか。愛すべき教師哉。〉

葉書を読んで、小中学生のころきいた、河和田に生まれたエラーイ東大の先生がいたことを想いだした。しかもその人は、いまは宮崎県在の幼友だちSの伯父さんにあたるとか。『桑原武夫集6』（岩波）所収の「インド史学会の新巨星」に、〈彼は日本の学界を高く評価しており、……資本主義についての都留重人、高橋幸八郎両氏らの西洋文の業績をよく読んでいて、わたしが知人だというと、敬意の伝達を求めたりした〉という記載がある。

父が荒木山を買った昭和六十二年（一九八七）、私は京都の長岡京に住んでいた。その年の歳末、しごとの重圧で出社拒否症状がつよまり、診断書を出してもらい一カ月ほど休んだ。その長い自宅療養を近くの図書館通いなどで過ごしたが、二日ばかり帰省して、父と自然薯掘りをした記憶がある。それは小坂の荒木山ではなく、別司の今立町境の山だったと思う。父の荒木山雑記によると、立木の伐採が一段落した年の瀬ではなかったろうか。一応は名の通った半官半民の公団にいる息子が、しごとがあわないからと、一カ月も休んで自宅にいるのなら、いっぺん家に帰ってこいということでもあったろう。二十一でふるさと・鯖江を出て、ほぼ十年、たまさかの父との山行きだった。

私は三十代のおおかたを、出社拒否症からくる鬱的日暮らしにいた。平成二年九月、上司の配慮で、嘱託医の勤める関西労災病院へ通える勤務地・神戸の事務所へ転勤となった。月に二度ほど通い処方してもらった薬を飲んでも、なかなか鬱は遠のかなかった。公団を辞めて鯖江の実家にかえり、父の製材の仕事を継ぐという手立てがなくもなかった。主治医に相談したところ、あわない勤めを無理につづけるより、それもありえるだろうとのことだった。しかし、子供のころから父の働く姿をみてきた自分には、とうてい適うしごとではあるまいとわかっていた。

すまじきものは宮仕えといいながら、四十路入りの平成七年（一九九五）になった。1・17の未明、阪神大震災に三宮で遭遇した。前年の夏、鬱的症状が遠のき、どうにか日常生活に光明を見出したころだった。このころ、古希を迎えた父は、荒木の山しごとのほか、製材業の後始末にあったようだ。


（「青磁」30号・二〇一二年十一月）

あとがき

　長年聴いてきたＮＨＫ・ＦＭ番組の日曜喫茶室で司会をつとめていた、はかま満緒氏の訃報を、帰郷していた二月十八日、福井新聞で知った。三十九年まえ、ふるさと鯖江を出て初任地の湖東・彦根の独身寮で、初めてのひとり暮らしを始めたころだった。日曜の昼下がり、彦根城の中堀に面した道から路地をはいった角の二階の喫茶店で、ふとかかったラジオ番組が日曜喫茶室だった。マスターのはかま満緒、ウエイトレスの若い女性の声が聴こえた。慣れない職場と寮での、もの悲しいような日暮らしにあったが、城のある町に住めるのはうれしかった。その湖東から始まった宮仕えが、すまじきものは…といいながら、昨年の十一月末で定年退職となった。

　前著『残影の記』を出した翌年、二〇一二年末に定道明氏が主宰する福井の散文誌「青磁」に三十号から参加し、ふるさととの縁が深まり、新著に所収した作のなかばとなった。

Ⅲの末尾「河和田・荒木山雑記」から始まり、巻頭、Ⅰの「旅の空から」で締めくくったような次第です。

上林暁は第一創作集『薔薇盗人』のあとがきに、こう記している。

〈私がこれらの作品で志したことは、覚束ないながら「人生記録」であった。痛烈骨を刺す「人間記録」は私の能くするところでない。漠然とした人生を描くのが私の精いっぱいのところだ。…〉

今回も、編集工房ノアの涸沢純平さんから多大なる示唆を頂き、誠に有難うございました。前著で〈表紙を掲げて書棚に飾りたくなる本だ。〉という評を得て著者冥利に尽きる思いでしたが、それにもまして栄えある装幀をしていただいた粟津謙太郎さんに深くお礼を申し上げます。

ことしも、もうすぐ泰山木の花に出逢える季節になる。

二〇一六年五月

北須磨にて

三輪正道

三輪正道（みわ・まさみち）
一九五五年福井県生まれ。福井工業高等専門学校卒。
「黄色い潜水艦」同人。「中野重治の会」会員。
『泰山木の花』（一九九六・編集工房ノア）
『酔夢行』（二〇〇一・編集工房ノア）
『酒中記』（二〇〇五・編集工房ノア）
『残影の記』（二〇一一・編集工房ノア）
現住所　〒六五四―〇一五四
神戸市須磨区中落合四丁目一　四六二―五〇四

定年記《ていねんき》
二〇一六年七月十五日発行
著　者　三輪正道
発行者　涸沢純平
発行所　株式会社編集工房ノア
〒五三一―〇〇七一
大阪市北区中津三―一七―五
電話〇六（六三七三）三六四一
FAX〇六（六三七三）三六四二
振替〇〇九四〇―七―三〇六四五七
組版　株式会社四国写研
印刷製本　亜細亜印刷株式会社

ISBN978-4-89271-255-5

残影の記　三輪正道
福井、富山、湖国、京都、大阪、神戸、すまじき思いの宮仕えの転地を、文学と酒を友とし過ぎた日々。人と情景が明滅する酔夢行文学第四集。二〇〇〇円

酒中記　三輪正道
ブンガクが好き、酒が好き。文章をアテ（肴）に燗酒を楽しむ。中野重治家の蚕豆、吉原幸子の平手打ち、桑原武夫との意外な縁…。二〇〇〇円

酔夢行　三輪正道
酒を友とし文学に親しむ。含羞であり無頼ともなる日々を、歩行の文体で綴る。／十年後二十年後の再読に耐え得る好著と坪内祐三氏。一九〇〇円

泰山木の花　三輪正道
中野重治邸の泰山木の花。各駅停車ほろ酔いの旅情。もだもだの心の揺れ、神戸震災の地の揺れ…各駅停車の精神の文学（解説・川崎彰彦）。一八二五円

夜がらすの記　川崎彰彦
売れない小説家の私は、妻子と別居、学生アパートで文筆と酒の日々を送る。ついには脳内出血で倒れるまでを描く連作短篇集。一八〇〇円

天野さんの傘　山田稔
生島遼一、伊吹武彦、天野忠、富士正晴、松尾尊兊、師と友、忘れ得ぬ人々、想い出の数々、ひとり残された私が、記憶の底を掘返している。二〇〇〇円

表示は本体価格